Karin Kessler

UMBERTO ECO

Vier moralische Schriften

Aus dem Italienischen
von Burkhart Kroeber

Carl Hanser Verlag

Die Originalausgabe erschien unter dem Titel
Cinque scritti morali
1997 bei Bompiani in Mailand
(Die fünfte Schrift, ein Aufsatz über Probleme
der italienischen Presse, wurde im Einvernehmen
mit dem Autor weggelassen.)

1 2 3 4 5 02 01 00 99 98

ISBN 3-446-19283-2

Satz: Satz für Satz. Barbara Reischmann, Leutkirch
Druck und Bindung: Clausen & Bosse, Leck
Printed in Germany

Inhalt

Einleitung

Die hier versammelten Schriften haben zweierlei gemeinsam. Sie sind erstens Gelegenheitsschriften, entstanden als Vorträge oder Artikel zu aktuellen Ereignissen. Und sie behandeln trotz der Verschiedenheit ihrer Themen ethische Fragen, das heißt, sie betreffen das, was man tun müßte, was man nicht tun sollte und was man auf keinen Fall tun darf.

Wegen ihres Charakters als Gelegenheitsschriften halte ich es für geboten, kurz zu erklären, unter welchen Umständen sie geschrieben wurden, da sonst einiges unverständlich erscheinen könnte.

»Nachdenken über den Krieg« (*Pensare la guerra*) wurde in den Tagen des Golfkriegs geschrieben und ist am 1. April 1991 in der Monatszeitschrift *La Rivista dei Libri* erschienen.

»Der immerwährende Faschismus« (*Il fascismo eterno*) wurde als Vortrag in englischer Sprache am

25. April 1995 in New York gehalten; Anlaß war ein von den italienischen und französischen Departments der Columbia University veranstaltetes Symposium zum 50. Jahrestag der Befreiung Europas vom Faschismus. Der Text ist dann unter dem Titel »Eternal Fascism« in der *New York Review of Books* Nr. 42/11 vom 22. Juni 1995 erschienen und in italienischer Übersetzung unter dem Titel »Totalitarismo *fuzzy* e Ur-Fascismo« in der *Rivista dei Libri* vom Juli/August 1995; die hier veröffentlichte Fassung unterscheidet sich von der dortigen nur durch einige formale Angleichungen. [Zusatz des Übersetzers: Für die deutsche Version wurde neben der italienischen auch die ursprüngliche englische Fassung berücksichtigt.]

Man sollte jedoch im Gedächtnis behalten, daß der Vortrag für ein amerikanisches Studentenpublikum gedacht war und in den Tagen vorgetragen wurde, als Amerika, durch das Bombenattentat von Oklahoma erschüttert, entdecken mußte, daß es in den Vereinigten Staaten (was freilich kein Geheimnis war) militärische Organisationen der extremen Rechten gab. So bekam das Thema des Antifaschismus für die Zuhörer eine besondere Bedeutung, und der Rückblick in die Geschichte sollte eine Reflexion über aktuelle Probleme in verschiedenen Ländern anregen; der Vortrag ist dann von vielen

Zeitungen und Zeitschriften in andere Sprachen übersetzt worden. Daß er ursprünglich an junge Amerikaner gerichtet war, erklärt im übrigen auch, wieso darin fast schulmäßige Informationen und Präzisierungen über Ereignisse gegeben werden, die italienischen Lesern bekannt sein sollten, und warum er Zitate von Roosevelt, Anspielungen auf den amerikanischen Antifaschismus und wiederholte Verweise auf die Begegnung zwischen Europäern und Amerikanern in den Tagen der Befreiung enthält.

»Wenn der andere ins Spiel kommt« (*Quando entra in scena l'altro*) war eine meiner Antworten an Kardinal Martini im Laufe eines Briefwechsels, den die Zeitschrift *Liberal* organisiert und veröffentlicht hatte. Der insgesamt acht Texte umfassende Briefwechsel ist anschließend in einem Bändchen mit dem Titel »Woran glaubt, wer nicht gläubig ist?« (*In cosa crede chi non crede?*, Rom, Atlantide Editoriale, 1996) erschienen. Mein Text beantwortet folgende Frage, die mir Kardinal Martini gestellt hatte: »Worauf beruht die Gewißheit und der imperative Charakter Ihres moralischen Handelns, wenn Sie nicht beabsichtigen, zur Begründung der Absolutheit einer Ethik an *metaphysische Prinzipien* oder jedenfalls transzendente Werte und auch nicht an allgemeingültige *kategorische Imperative* zu appellieren?« Zum Rahmen der Debatte verweise ich auf das genannte Bändchen, das auch Beiträge von Emanuele Severino, Manlio Sgalambro, Eugenio Scalfari, Indro Montanelli, Vittorio Foa und Claudio Martelli enthält.

»Die Migrationen, die Toleranz und das Untolerierbare« (*Le Migrazioni, la tolleranza e l'intollerabile*) ist eine Collage. Der erste Teil gibt die erste Hälfte eines Vortrags wieder, den ich am 23. Januar 1997 zur Eröffnung eines von der Stadt Valencia veranstalteten Kongresses über die Perspektiven des Dritten Jahrtausends gehalten habe. Der zweite Teil ist eine Adaptation meines auf französisch gehaltenen Einführungsvortrags zu dem von der Pariser Académie Universelle des Cultures am 26. und 27. März 1997 veranstalteten Internationalen Forum über Intoleranz. Der dritte Teil war ursprünglich ein Artikel in der Tageszeitung *La Repubblica*, der im August 1996 unter dem Titel »Fragen wir uns nicht, wem die Stunde schlägt« anläßlich des Urteils im ersten Militärgerichtsprozeß gegen Priebke erschienen ist.

Nachdenken über den Krieg

Dieser Aufsatz handelt vom Krieg, vom wirklichen, »heißen« und mit ausdrücklicher Zustimmung der Nationen geführten Schießkrieg, wie er sich in der heutigen Welt darstellt. Da ich dies zu der Zeit schreibe, als die alliierten Truppen nach Kuweit einmarschiert sind, steht zu vermuten, daß es – wenn keine gravierenden Umschwünge eintreten – zu einer Zeit gelesen wird, in welcher alle der Meinung sein werden, daß der Golfkrieg ein befriedigendes Ergebnis erreicht habe, befriedigend, weil den Zielen entsprechend, um derentwillen er geführt worden ist. In einem solchen Fall von der Unmöglichkeit und Nutzlosigkeit des Krieges zu sprechen würde dann als widersinnig erscheinen, da niemand mehr bereit wäre, eine Unternehmung als nutzlos oder unmöglich zu betrachten, die ihre gesetzten Ziele erreicht hat. Dennoch *müssen* die folgenden Überlegungen gültig bleiben, gleich wie sich die Dinge entwickeln. Ja, sie müssen sogar erst recht gültig bleiben, wenn der Krieg erlaubt haben sollte, »vorteilhafte« Ergebnisse zu erzielen, weil sonst alle Welt überzeugt sein könnte, daß Krieg in manchen Fällen doch noch eine vernünftige Möglichkeit sei. Was jedoch entschieden bestritten werden muß.

Seit Beginn des Krieges waren diverse Appelle zu lesen und zu hören, die »den Intellektuellen« vorwarfen, angesichts dieses Dramas nicht gebührend Stellung zu beziehen. Da die tönende Mehrheit, die so sprach oder schrieb, in der Regel von Intellektuellen (im berufsständischen Sinne des Wortes) repräsentiert wurde, fragt man sich, wer dann der schweigenden Minderheit angehörte, von der eine Stellungnahme verlangt wurde. Offensichtlich handelte es sich um diejenigen, die sich nicht in der »richtigen« Weise geäußert, also nicht für eine der beiden Parteien ausgesprochen hatten. Was man daran sehen konnte, daß jeder, der sich entgegen den Erwartungen eines anderen äußerte, als verräterischer Intellektueller gebrandmarkt wurde – abwechselnd als prokapitalistischer Bellizist oder als proirakischer Pazifist.

Die massenmedial ausgetragene Konfrontation innerhalb der tönenden Mehrheit führte dazu, daß jeder sich die Anklagen der anderen selber zuzog. Die Verfechter der Notwendigkeit und Unausweichlichkeit des Konflikts erschienen als Interventionisten alten Schlages; die Pazifisten, die großenteils unfähig waren, sich von den Parolen und Ritualen der vergangenen Jahrzehnte zu lösen, zogen sich auf Schritt und Tritt die Anklage zu, die Kapitulation der einen zu wollen, um die Kriegstreiberei der anderen zu belohnen. Als exorzistisches Ritual mußte, wer den Konflikt bejahte, immer zuerst betonen, wie grausam der Krieg ist, und wer ihn ablehnte, wie brutal Saddam ist.

In jedem dieser Fälle haben wir gewiß einer Debatte zwischen professionellen Intellektuellen beigewohnt, nicht aber einer Ausübung der intellektuellen Funktion. Die Intellektuellen als Kategorie sind bekanntlich etwas sehr Diffuses, das sich nur schwer definieren läßt. Anders steht es dagegen mit der »intellektuellen Funktion«. Sie besteht in der kritischen Sichtung und Bestimmung dessen, was als hinreichende Annäherung an den eigenen Begriff der Wahrheit angesehen werden kann – und sie kann von jedem Beliebigen ausgeübt werden, auch von einem Unterprivilegierten oder Ausgestoßenen, der über seine Lage nachdenkt und sie auf irgendeine Weise zum Ausdruck bringt. Während sie von einem hochprivilegierten Schriftsteller verraten werden kann, wenn er auf die Ereignisse nur mit Leidenschaft reagiert, ohne sich der Mühe des nüchtern abwägenden Nachdenkens zu unterziehen.

Deswegen, sagte Vittorini, darf der Intellektuelle nicht zur Revolution blasen. Nicht um sich vor der Verantwortung einer Wahl zu drücken (die er als Individuum treffen kann), sondern weil der Moment des Handelns verlangt, daß die Nuancen und Zwiespältigkeiten beseitigt werden (dies ist die unersetzliche Funktion des *decision makers* in jeder Institution), während die intellektuelle Funktion gerade darin besteht, die Zwiespältigkeiten auszugraben und ans Licht zu bringen. Erste Pflicht des Intellektuellen ist immer, die eigenen Weggefährten zu kritisieren (denken heißt, die Rolle der Sprechenden Grille bei Pinocchio zu spielen). Es kann vorkommen, daß der Intellektuelle das Schweigen wählt, weil er fürchtet, sonst diejenigen zu verraten, mit denen er sich identifiziert in der Überzeugung, daß sie jenseits ihrer nebensächlichen Fehler schließlich doch das Beste für alle verfolgen. Eine tragische Wahl, von der die Geschichte voll ist und für die manche in den Tod gegangen sind, indem sie sich in einen Kampf stürzten, an den sie nicht glaubten, da sie meinten, daß man die Loyalität nicht gegen die Wahrheit eintauschen könne. Aber Loyalität ist eine moralische Kategorie und Wahrheit eine theoretische.

Nicht, daß die intellektuelle Funktion von der moralischen getrennt wäre. Der Beschluß, sie auszuüben, ist eine moralische Entscheidung, so wie der Beschluß des Chirurgen, ins lebende Fleisch zu schneiden, um ein Leben zu retten, eine moralische Entscheidung ist. Aber wenn er dann schneidet, darf der Chirurg kein Mitleid empfinden, ebensowenig wie wenn er beschließt, den Schnitt wieder zuzunähen, weil eine Fortsetzung der Operation die Mühe nicht lohnt. Die intellektuelle Funktion kann auch zu emotional unerträglichen Resultaten führen, *denn manche Probleme müssen dadurch gelöst werden, daß man ihre Unlösbarkeit beweist.* Es ist eine moralische Entscheidung, die eigene Schlußfolgerung zum Ausdruck zu bringen – oder sie zu verschweigen (womöglich in der Hoffnung, daß sie falsch ist). Dies ist das Drama derer, die sich, sei es auch nur für einen Moment, die Aufgabe eines »Funktionärs der Menschheit« aufladen.

Viel bespöttelt wurde, sogar von katholischer Seite, die Haltung des Papstes, der gesagt hat, daß niemals Krieg geführt werden dürfe, der gebetet und Ersatzlösungen angeboten hat, die im Vergleich zur Komplexität des Geschehens dürftig erschienen. Um ihn zu rechtfertigen, haben Freunde und Feinde gesagt, der arme Mann habe nur seine

Pflicht getan, da er nichts anderes hätte sagen können. Das ist richtig. Der Papst hat (aus seiner Sicht der Wahrheit) die intellektuelle Funktion ausgeübt und gesagt, daß man nicht Krieg führen darf. Der Papst muß sagen, daß wir, wenn wir das Evangelium ernstlich praktizieren wollen, auch die andere Backe hinhalten müssen. Aber was mache ich, wenn mich einer umbringen will? »Laß dir was einfallen«, *müßte* der Papst sagen, »das ist deine Sache« – und die Kasuistik über legitime Verteidigung oder Notwehr würde dann nur dazu dienen, die menschliche Schwäche zu kompensieren, derentwegen niemand zur heroischen Tugendausübung verpflichtet sein kann. Diese Position ist derart unangreifbar, daß der Papst, wenn und sobald er noch etwas anderes hinzufügt, was als praktischer Hinweis verstanden werden könnte, seine intellektuelle Funktion aufgibt und politische Entscheidungen trifft (und die sind dann seine Sache).

Wenn es sich so verhält, muß man sagen, daß die intellektuelle Gemeinschaft in den letzten fünfundvierzig Jahren nicht über das Problem des Krieges geschwiegen hat. Sie hat sogar mit solch missionarischem Eifer darüber gesprochen, daß sie die Art, wie die Welt den Krieg sieht, radikal verändert hat. Nie haben die Menschen so sehr wie diesmal das ganze Grauen und die Zwiespältigkeit des

Geschehens empfunden. Abgesehen von wenigen Rasenden hatte niemand Schwarzweißvorstellungen. Daß der Krieg trotzdem ausgebrochen ist, zeigt, daß die Argumentation der Intellektuellen noch keinen vollen Erfolg gehabt hat, nicht überzeugend genug war, nicht genügend historischen Spielraum hatte. Aber das ist nur ein Mißgeschick. Die Welt sieht den Krieg heute mit anderen Augen als zu Beginn des Jahrhunderts, und wenn heute jemand von der Schönheit des Krieges als einziger Hygiene der Welt reden würde, ginge er nicht in die Geschichte der Literatur ein, sondern in die der Psychiatrie. Mit dem Krieg ist das gleiche passiert wie mit dem Ehrendelikt oder dem Gesetz der Vergeltung von Gleichem mit Gleichem: nicht, daß keiner sie mehr praktiziert, aber die Gemeinschaft beurteilt sie als ein Übel, während sie früher als etwas Gutes galten.

Dies alles sind freilich noch moralische und emotionale Reaktionen (und manchmal kann selbst die Moral bestimmte Ausnahmen vom Tötungsverbot akzeptieren, so wie das kollektive Empfinden Greuel und Opfer hinnehmen kann, wenn sie ein höheres Gut sichern). Es gibt jedoch eine radikalere Art, den Krieg in rein formalen Begriffen zu denken, in solchen der inneren Kohärenz. Nämlich indem man über die Bedingungen seiner Möglichkeit nachdenkt, um zu dem Schluß zu gelangen, daß der Krieg deswegen nicht geführt werden darf, weil die Existenz einer Gesellschaft der Instant-Information und der schnellen Transporte, der ständigen interkontinentalen Migrationen, vereint mit dem Wesen der neuen Waffentechnologien, den Krieg unmöglich und widersinnig gemacht hat. Der Krieg steht heutzutage im Widerspruch zu den innersten Gründen, aus denen er geführt worden ist.

Was war jahrhundertelang das Ziel eines Krieges gewesen? Man führte Krieg, um den Gegner so zu besiegen, daß man aus seiner Niederlage einen Gewinn ziehen konnte und daß unsere Intentionen – in einer bestimmten Weise zu handeln, um ein bestimmtes Resultat zu erzielen – taktisch oder strategisch so verwirklicht wurden, daß sie die Intentionen des Gegners durchkreuzten. Für diese Ziele mußte man alle verfügbaren Kräfte ins Feld führen können. Außerdem wurde das Spiel nur zwischen uns und dem Gegner gespielt. Die Neutralität der anderen, die Tatsache, daß unser Krieg sie nicht weiter störte (ja ihnen in einem gewissen Maß erlaubte, daraus Profit zu ziehen), war eine notwendige Bedingung unserer Handlungsfreiheit. Auch der »absolute Krieg« von Clausewitz entging diesen Einschränkungen nicht.

Erst in unserem Jahrhundert ist der Begriff des »Weltkriegs« entstanden – als Bezeichnung eines so weltumspannenden Krieges, daß er auch geschichtslose Gesellschaften wie die polynesischen Stämme in Mitleidenschaft ziehen könnte. Mit der Entdeckung der Atomkraft, der Erfindung des Fernsehens, der Ausbreitung des Luftverkehrs und der Entstehung verschiedener Formen von multinationalem Kapitalismus haben sich nun einige Bedingungen für die Unmöglichkeit des Krieges herausgebildet.

1. Die Atomwaffen haben alle davon überzeugt, daß ein atomarer Konflikt keine Sieger, sondern nur einen einzigen Verlierer hätte: den Planeten. Doch wenn man in einer ersten Phase erkannt hatte, daß ein Atomkrieg die Bewohnbarkeit des Planeten zerstören würde, hat man sich später davon überzeugt, daß jeder Krieg gegen die Bewohnbarkeit des Planeten ein Atomkrieg ist und daß letztlich jeder Krieg heutzutage nicht anders als gegen die Bewohnbarkeit des Planeten gerichtet sein kann. Wer die Atombombe wirft (oder das Meer verseucht), erklärt den Krieg nicht nur allen Neutralen, sondern der ganzen Erde.

2. Krieg verläuft heute nicht mehr zwischen zwei klar getrennten Fronten. Dem Skandal der Anwesenheit amerikanischer Journalisten in Bagdad ent-

spricht die ebenso skandalöse, dabei zahlenmäßig noch viel größere Anwesenheit von Millionen proirakischer Muslime in den Ländern der antiirakischen Allianz. In den Kriegen früherer Zeiten wurden die potentiellen Feinde im Lande interniert (oder massakriert), und ein Landsmann, der vom feindlichen Territorium aus über die guten Gründe des Gegners sprach, wurde am Ende des Krieges gehängt. Aufgrund der Natur des multinationalen Kapitalismus kann der Krieg aber heute nicht mehr frontal sein. Daß der Irak von den westlichen Industrien bewaffnet wurde, ist kein Zufall. Es entspricht der Logik des reifen Kapitalismus, der sich der Kontrolle der Einzelstaaten entzieht. Wenn die amerikanische Regierung findet, daß die Fernsehgesellschaften das Spiel des Feindes spielen, glaubt sie noch, sie habe es mit einem Komplott prokommunistischer Eierköpfe zu tun; in symmetrischer Entsprechung bilden die Fernsehgesellschaften sich ein, sie verkörperten die heroische Figur Humphrey Bogarts, der den Gangster am Telefon das Rattern der Rotationspressen hören läßt und dazu sagt: »Das ist die Presse, mein Guter, die kannst du nicht stoppen.« Es ist die Logik der Nachrichtenindustrie, Nachrichten zu verkaufen, möglichst dramatische Nachrichten. Nicht, daß die Medien sich weigerten, die Kriegstrompete zu blasen: Sie sind bloß einfach ein Rollenklavier, das eine Musik abspielt, die ihm vorher auf die Rolle gespielt worden ist. So hat im Krieg heute jeder den Feind im eigenen Hinterland – ein Zustand, den kein Clausewitz je hätte hinnehmen können.

3. Auch wenn die Medien zum Schweigen gebracht wären, ermöglichen die neuen Kommunikationstechnologien einen unaufhaltsamen Informationsfluß – und nicht einmal ein Diktator kann sie blockieren, da sie sich elementarer technischer Infrastrukturen bedienen, auf die auch er nicht verzichten kann. Dieser Informationsfluß erfüllt die Funktion, die in den traditionellen Kriegen die Geheimdienste hatten: er neutralisiert jede Überraschungsaktion – und Krieg ist unmöglich, wenn man den Gegner nicht überraschen kann. Der Krieg produziert ein verallgemeinertes Einverständnis mit dem Feind. Aber die Information macht noch mehr: sie erteilt dem Gegner ständig das Wort (während das Ziel jeder Kriegspolitik darin besteht, die gegnerische Propaganda zu blockieren), und sie demoralisiert die Bürger der kriegführenden Parteien in ihrem Verhältnis zur eigenen Regierung (während, wie Clausewitz hervorhob, die Bedingung des Sieges der moralische Zusammenhalt aller Kombattanten ist). Jeder Krieg der Vergangenheit basierte auf dem Prinzip, daß

die Bürger im Glauben, er sei ein gerechter Krieg, den Feind zu vernichten trachteten. Heute dagegen bringt die Information nicht nur den Glauben der Bürger ins Wanken, sondern macht sie auch empfindlich für den Tod der Feinde – der kein fernes, undeutliches Ereignis mehr ist, sondern eine unerträgliche visuelle Evidenz.

4. All dies wirkt mit dem Umstand zusammen, daß die Macht heutzutage, ich erinnere an Foucault, nicht mehr monolithisch und monokratisch ist, sondern diffus, parzelliert, Ergebnis permanenter Zusammenballungen und Zersetzungen von Konsensprozessen. Der Krieg stellt nicht mehr zwei Vaterländer frontal gegenüber. Er bringt unendlich viele Mächte in Konkurrenz zueinander. In diesem Spiel tun sich einzelne Machtzentren als Profiteure hervor, aber auf Kosten der anderen. Wenn der alte Krieg die Kanonenhändler dick werden ließ und ihr Profit den vorübergehenden Stillstand einiger kommerzieller Tauschprozesse in den Hintergrund drängte, so stürzt der neue Krieg, wenn er die Kanonenhändler reich macht, eine Vielzahl von Industrien in die Krise (und das auf dem ganzen Globus), nämlich die des Luftverkehrs, der Unterhaltung und des Tourismus, der Medien selbst (die Werbeeinnahmen verlieren) und allgemein die gesamte Industrie des Überflüs-

sigen – das Knochengerüst des Systems –, vom Baumarkt bis zum Automobil. Bei der Nachricht vom Ausbruch eines Krieges hat die Börse zwar einen Sprung nach oben getan, aber einen Monat später ist sie bei den ersten Anzeichen eines möglichen Friedens ebenso hoch gesprungen. Das war kein »Zynismus« im ersten Fall und keine tugendhaft-pazifistische Regung im zweiten. Die Börse registriert die Schwankungen im Spiel der Mächte. Während des Krieges befinden sich einige ökonomische Mächte in Konkurrenz zueinander, und die Logik ihres Konflikts überlagert die Logik der nationalen Mächte. Wenn die Industrien des staatlichen Konsums (wie die Rüstungsindustrie) einen Spannungszustand benötigen, brauchen die des individuellen Konsums einen Glücks- und Friedenszustand. Der Konflikt wird in ökonomischen Termini ausgetragen.

5. Aus all diesen und anderen Gründen ähnelt der Krieg heute nicht mehr, wie früher, einem »seriellen« intelligenten System, sondern einem »parallelen« intelligenten System. Ein serielles intelligentes System, wie es zum Beispiel für die Konstruktion von Maschinen gebraucht wird, die übersetzen oder aus einer gegebenen Reihe von Informationsdaten Schlüsse ziehen können, wird vom Programmierer so instruiert, daß es auf der

Basis einer endlichen Zahl von Regeln sukzessive Entscheidungen treffen kann, deren jede von einer Einschätzung der vorangegangenen abhängt, wobei sie einer Baumstruktur folgt, die sich aus einer Reihe binärer Disjunktionen zusammensetzt. Die alte Kriegsstrategie ging folgendermaßen vor: Hat der Feind seine Truppen nach Osten bewegt, muß ich voraussehen, daß er anschließend nach Süden vorrücken will. In diesem Fall werde ich, derselben Logik folgend, meine Truppen in südwestlicher Richtung bewegen, um ihm überraschend den Weg abzuschneiden. Die Regeln des Feindes waren auch die eigenen, und jeder konnte abwechselnd eine Entscheidung treffen, wie in einer Schachpartie.

Ein »paralleles« System dagegen überläßt den einzelnen Elementen oder Zellen eines Netzes die Entscheidung, sich in einer bestimmten Konfiguration anzuordnen, und zwar gemäß einer Disposition von *Gewichten*, die der Operateur nicht vorher beschließen oder voraussehen kann, weil das Netz Regeln findet, die es nicht vorher bekommen hat. Es verändert sich selbständig, um die Lösung zu finden, und dabei macht es keinen Unterschied zwischen Regeln und Daten. Zwar kann man ein solches System (man nennt es »neuverknüpfend« oder »wie ein Nervengewebe organisiert«) dadurch kontrollieren, daß man die gegebene Antwort mit der erwarteten vergleicht und die Gewichte durch sukzessive Experimente neu ordnet. Das aber erfordert 1. daß der Operateur Zeit hat, 2. daß nicht zwei Operateure konkurrieren und die Gewichte in widersprüchlicher Weise verteilen und 3. daß die einzelnen Zellen des Netzes als Zellen »denken« und nicht wie die Operateure, also keine Entscheidungen treffen, die sich aus Schlüssen über das Verhalten der Operateure ableiten, und daß sie vor allem keine Interessen haben, die der Logik des Netzes selbst fremd sind. Wogegen in einem System der parzellierten Macht jede Zelle gemäß ihren eigenen Interessen reagiert, die nicht die des Operateurs sind und nichts mit den autodynamischen Tendenzen des Netzes zu tun haben. Daher kann man sagen, daß der Krieg, wenn er – sei es auch nur als Metapher – ein neuverknüpfendes System ist, sich unabhängig vom Willen der beiden Kontrahenten entwickelt und reguliert. Es ist interessant zu sehen, wie der Physiker Arno Penzias in seiner populärwissenschaftlichen Erklärung der Funktionsweise eines Nervengewebes*

* *Ideas and Information: Managing in a High-Tech World*, New York, W. W. Norton, 1989, hier zitiert nach der italienischen Ausgabe *Come vivere in un mondo High-Tech*, Mailand, Bompiani, 1989, S. 107 f.

eine Kriegsmetapher benutzt: »Man wußte, daß die einzelnen Neuronen elektrisch aktiv wurden (sie ›schossen‹), wenn sie durch ihre fein verzweigten Input-Kabel (die sogenannten *Dendriten*) stimuliert wurden. Im Moment des ›Schießens‹ sendet ein Neuron elektrische Signale längs einer Reihe von Output-Kabeln (sogenannten *Neuriten*) aus. [...] Da das Schießen‹ jedes Neurons von der Aktivität vieler anderer abhängt, gibt es keine einfache Methode, zu berechnen, was wann passieren müßte. [...] Je nach der besonderen Disposition der Synapsenverbindungen definierte jede Simulation eines Nervengewebes von hundert Neuronen ihre eigene Anzahl möglicher Gleichgewichtszustände (bei einer Gesamtzahl absoluter Möglichkeiten von tausend Milliarden Milliarden Milliarden oder 10^{30}).«

Wenn Krieg ein neuverknüpfendes System ist, dann ist er kein Phänomen mehr, in dem Kalkül und Absicht der Gegner noch etwas zählen. Zur Multiplikation der im Spiel befindlichen Mächte verteilt er sich nach unvorhersehbaren Gewichtsanordnungen. Daher ist es auch möglich, daß er endet und daß die dann eingetretene Ordnung für einen der Kontrahenten vorteilhaft ist, aber im Prinzip ist er, insofern er jedes Entscheidungskalkül herausfordert, für beide Seiten verloren. Um es in unserer

Metapher auszudrücken: Die frenetische Bemühung der Operateure um die Kontrolle des Netzes, das fortwährend gegensätzliche Impulse erhält, läßt es schließlich zerreißen. Das wahrscheinliche Ende eines Krieges ist heute der Betriebsstillstand, der *Tilt.* Der alte Krieg war wie eine Schachpartie, bei der nicht nur jeder Spieler darauf abzielen konnte, möglichst viele Figuren des Gegners zu schlagen oder zu »fressen«, wie wir Italiener sagen, sondern vor allem (durch Spekulation auf die Art, wie der Gegner die Regeln befolgte) ihn Schachmatt zu setzen. Der heutige Krieg ist dagegen wie eine Schachpartie, in der beide Spieler (die am selben Netz operieren) Figuren derselben Farbe bewegen und »fressen« (das Spiel verläuft nicht mehr Schwarz gegen Weiß, sondern monochrom). Er ist ein Spiel, das sich selber auffrißt.

Im übrigen würde die Behauptung, ein Konflikt habe sich in einem bestimmten Moment als vorteilhaft für einen der Kontrahenten erwiesen, ja implizieren, daß man den Vorteil »in einem bestimmten Moment« mit dem Vorteil am Ende gleichsetzt. Ein Ende könnte es jedoch nur geben, wenn der Krieg noch, wie Clausewitz wollte, die Fortsetzung der Politik mit anderen Mitteln wäre (so daß der Krieg enden würde, wenn ein Gleichgewichtszustand erreicht wäre, der die Rückkehr zur Politik erlaubte).

In unserem Jahrhundert ist es jedoch die Politik der Nachkriegszeit, die immer und überall die Fortsetzung (mit allen Mitteln) der vom Krieg gesetzten Prämissen bleiben wird. Wie immer der Krieg auch ausgehen mag, er wird, nachdem er eine allgemeine Neuordnung der Gewichte herbeigeführt hat, die dem Willen der Kontrahenten nicht völlig entsprechen kann, sich für die kommenden Jahrzehnte in einer politisch, ökonomisch und psychologisch dramatischen Instabilität fortsetzen, die nichts anderes hervorbringen kann als eine »kriegsgesteuerte Politik«.

Andererseits, ist es je wirklich anders gewesen? Ist es verboten zu denken, daß Clausewitz unrecht hatte? Die Geschichtsschreibung interpretiert Waterloo als einen Zusammenstoß zweier Intelligenzen (weil es ein Ergebnis gezeitigt hat), aber Stendhal hat es in Begriffen der Zufälligkeit zu interpretieren gewußt. Die Annahme, daß die klassischen Kriege zu vernünftigen Ergebnissen führten – zu einem schließlich eingetretenen Gleichgewicht –, entspringt einem hegelschen Vorurteil, demzufolge die Geschichte eine Richtung hat und das Ergebnis einer Vermittlung sowohl die These wie die Antithese bestätigt. Es gibt keinen wissenschaftlichen Beweis (auch keinen logischen) dafür, daß die Ordnung des Mittelmeerraums nach den Punischen Kriegen oder die Ordnung Europas nach den Napoleonischen Kriegen als ein Gleichgewicht definiert werden müßte. Sie könnte auch als ein Ungleichgewichtszustand definiert werden, der nicht eingetreten wäre, wenn es den Krieg nicht gegeben hätte. Die Tatsache, daß die Menschheit über Zehntausende von Jahren den Krieg als Mittel zur Auflösung von Ungleichgewichtszuständen praktiziert hat, ist nicht beweiskräftiger als die Tatsache, daß die Menschheit in derselben Zeitspanne beschlossen hat, psychische Ungleichgewichte durch den Rekurs auf Alkohol oder ähnliche zerstörerische Substanzen aufzulösen.

Hier kommt das Tabu-Argument ins Spiel. Schon Moravia hatte den Gedanken nahegelegt, daß wir – so wie die Menschheit erst nach Jahrhunderten beschlossen hatte, das Inzesttabu zu entwickeln, weil sie erkannt hatte, daß strikte Endogamie zu negativen Ergebnissen führte – an den Punkt gelangt sein könnten, an dem die Menschheit das instinktive Bedürfnis verspürt, den Krieg mit einem Tabu zu belegen. Darauf ist nicht ohne Realismus erwidert worden, daß ein Tabu nicht aufgrund einer moralischen oder intellektuellen Entscheidung »proklamiert« wird, sondern sich im Verlauf der Jahrtausende in den verborgenen Falten des kollektiven Gewissens bildet (aus den gleichen Gründen, aus denen ein Nervengewebe schließlich von selbst in eine gewisse Gleichgewichtslage findet). Gewiß wird ein Tabu nicht proklamiert: es proklamiert sich selbst. Aber man kann die Zeiten des Wachstums beschleunigen. Um sich bewußtzumachen, daß durch sexuelle Vereinigung mit der Mutter oder der Schwester der Austausch zwischen den Gruppen blockiert wurde, hat die Menschheit Zehntausende von Jahren gebraucht, so wie es vermutlich auch recht lange gedauert hat, bis die Menschheit entdeckte, daß zwischen Geschlechtsakt und Schwangerschaft ein Ursache-Wirkungs-Verhältnis besteht. Um jedoch zu bemerken, daß bei einem Krieg die Luftverkehrsgesellschaften ihren Betrieb einstellen, haben zwei Wochen genügt. Es ist also durchaus vereinbar mit der intellektuellen Pflicht und dem Gemeinsinn, die Notwendigkeit eines Tabus zu verkünden, auch wenn gewiß niemand die Autorität hat, es zu proklamieren und die Zeit seiner Reifung festzusetzen.

Es ist heute eine intellektuelle Pflicht, die Unmöglichkeit des Krieges zu proklamieren. Auch wenn es keine alternative Lösung gibt. Allenfalls wäre daran zu erinnern, daß unser Jahrhundert eine *exzellente* Alternative zum Krieg gekannt hat, nämlich den »kalten« Krieg. Sooft er auch Gelegenheit zu Greueln, Ungerechtigkeit, Intoleranz, lokalen Konflikten und diffusem Terror geboten hat – am Ende wird die Geschichte zugeben müssen, daß der kalte Krieg eine sehr humane und relativ sanfte Lösung war, bei der es schließlich sogar Sieger und Besiegte gab. Aber es steht der intellektuellen Funktion nicht zu, kalte Kriege zu erklären.

Was einigen als das Schweigen der Intellektuellen über den Krieg erschienen ist, war vielleicht nur die Furcht, bei laufendem Geschehen in den Medien von ihm zu sprechen, schon weil die Medien selber ein Teil des Krieges und seiner Instrumente sind und es daher gefährlich ist, sie als neutrales Gebiet zu betrachten. Außerdem gelten für die Medien andere Zeiten als die der Reflexion. Die Ausübung der intellektuellen Funktion trifft ihre Aussagen immer entweder im voraus (über das, was vielleicht geschehen wird) oder hinterher (über das, was geschehen ist); sie äußert sich selten über das, was gerade geschieht, aus Gründen des Rhythmus, weil die Ereignisse immer schneller und bedrängender sind als das Nachdenken über die Ereignisse. Deswegen lebte Calvinos Baron Cosimo Piovasco di Rondò auf den Bäumen; nicht um sich der intellektuellen Pflicht zu entziehen, die eigene Zeit zu begreifen und an ihr teilzunehmen, sondern um sie besser zu begreifen und intensiver an ihr teilzunehmen.

Aber auch wenn es taktische Räume des Schweigens wählt, erfordert das Nachdenken über den Krieg am Ende, daß dieses Schweigen mit lauter Stimme verkündet wird. Im Bewußtsein der Widersprüche einer Proklamation des Schweigens, der Überzeugungskraft eines Aktes der Ohnmacht und der Tatsache, daß uns das Nachdenken nicht davon enthebt, individuelle Verantwortung zu übernehmen. Erste Pflicht ist es aber zu sagen, daß der Krieg heute jede menschliche Initiative zunichte macht und daß sogar sein scheinbares Ende (und der scheinbare Sieg einer der beiden Seiten) nicht das inzwischen selbständig gewordene Spiel der in ihrem eigenen Netz verfangenen *Gewichte* anzuhalten vermag. Denn ein Gewicht, schrieb Carlo Michelstaedter in *La Persuasione e la rettorica,* »hängt, sofern es Gewicht ist, herunter, und sofern es herunterhängt, hängt es von etwas ab [...] und doch will es immer weiter absinken, denn der nächste Punkt übertrifft an Niedrigkeit immer den, der es gerade hält [...]. Das Gewicht kann nie überzeugt werden.«

Dieses stete Absinken kann nicht gerechtfertigt werden, denn – in Begriffen des Rechts der Gattung gesagt – es ist schlimmer als ein Verbrechen: Es ist eine Verschwendung.

Der immerwährende Faschismus

1942, als ich zehn Jahre alt war, gewann ich den ersten Preis bei den *Ludi Juveniles*, einem freiwilligen Pflichtwettbewerb für junge italienische Faschisten – also für alle jungen Italiener. Ich hatte mich mit rhetorischer Bravour über das Thema verbreitet: »Sollen wir für den Ruhm Mussolinis und die unsterbliche Bestimmung Italiens sterben?« Meine Antwort war positiv gewesen. Ich war ein heller Junge.

1943 entdeckte ich dann die Bedeutung des Wortes Freiheit. Ich werde diese Geschichte am Ende erzählen. Damals bedeutete Freiheit noch nicht Befreiung.

Ich habe zwei meiner frühen Jahre zwischen einander beschießenden SS-Männern, Mussolini-Faschisten und Partisanen verbracht und gelernt, den Kugeln aus dem Wege zu gehen. Das war keine schlechte Übung.

Im April 1945 nahmen die Partisanen Mailand ein. Zwei Tage später kamen sie in die kleine Stadt, in der ich damals lebte. Es war ein Freudentag. Die zentrale Piazza war dichtgedrängt voller Menschen, die singend und fahnenschwingend nach Mimo riefen, dem Partisanenführer der Gegend. Mimo, ein ehemaliger Maresciallo der Carabinieri, hatte sich den Anhängern des Mussolini-Nachfolgers Badoglio angeschlossen und in einem der ersten Gefechte mit Mussolinis verbliebenen Truppen ein Bein verloren. Er erschien auf dem Balkon des Rathauses, blaß, auf seine Krücke gestützt, und versuchte mit der freien Hand die Menge zu beruhigen. Ich wartete gespannt auf seine Rede, denn meine ganze Kindheit war von den großen historischen Reden Mussolinis geprägt gewesen, deren bedeutendste Stellen wir in der Schule auswendig lernten. Stille. Mimo sprach mit einer rauhen Stimme, kaum hörbar. Er sagte: »Mitbürger, Freunde. Nach so vielen leidvollen Opfern ... da sind wir wieder. Ehre den für die Freiheit Gefallenen.« Das war alles. Er ging wieder hinein. Die Menge jubelte, die Partisanen hoben ihre Gewehre und feuerten Freudenschüsse in die Luft. Wir Kinder stürzen hin, um die Patronenhülsen aufzusammeln, die kostbare Sammlerobjekte waren, aber ich hatte zugleich gelernt, daß Redefreiheit auch Freiheit von Rhetorik bedeutet.

Einige Tage später sah ich die ersten amerikanischen Soldaten. Es waren Afroamerikaner. Der erste Yankee, dem ich begegnete, war ein Schwarzer namens Joseph, der mich mit den Wundern von Dick Tracy und Li'l Abner bekannt machte. Seine Comics waren bunt und hatten einen guten Geruch.

Einer der Offiziere, Major oder Captain Muddy, war zu Gast in der Villa einer Familie, deren zwei Töchter in meine Klasse gingen. Ich begegnete ihm in ihrem Garten, wo ihn einige Damen umringten und in einem vagen Französisch auf ihn einredeten. Captain Muddy hatte eine gute Erziehung genossen und konnte auch ein bißchen Französisch. So war mein erstes Bild von den amerikanischen Befreiern, nach all den Bleichgesichtern in Schwarzhemden, das eines kultivierten Schwarzen in gelbgrüner Uniform, der sagte: »*Oui, merci beaucoup Madame, moi aussi j'aime le champagne ...*« Champagner gab es leider keinen, aber Captain Muddy schenkte mir meinen ersten Kaugummi, auf dem ich den ganzen Tag lang herumkaute. Nachts tat ich den Klumpen in ein Glas Wasser, um ihn für den nächsten Tag frisch zu halten.

Im Mai hörten wir, daß der Krieg vorbei war. Der Friede verursachte mir ein eigenartiges Gefühl. Mir war gesagt worden, permanenter Krieg sei die normale Situation für einen jungen Italiener. In den folgenden Monaten entdeckte ich, daß es die Resistenza – den bewaffneten Widerstand – nicht nur bei uns, sondern in ganz Europa gegeben hatte. Ich lernte neue, erregende Worte wie *réseau, maquis, armée secrète, Rote Kapelle, Warschauer Ghetto.* Ich sah die ersten Photographien vom Holocaust, und so verstand ich seine Bedeutung, bevor ich das Wort kennenlernte. Mir wurde klar, wovon wir befreit worden waren.

Heute gibt es in Italien Leute, die sich fragen, ob die Resistenza wirklich militärischen Einfluß auf den Verlauf des Krieges gehabt hat. Für meine Generation ist diese Frage irrelevant: Wir begriffen die moralische und psychologische Bedeutung der Resistenza sofort. Es machte uns stolz zu wissen, daß wir Europäer die Befreiung nicht passiv erwartet hatten. Und ich denke, daß es auch für die jungen Amerikaner, die mit ihrem Blut für die Wiederherstellung unserer Freiheit bezahlten, nicht ohne Bedeutung war, zu wissen, daß es hinter den Linien Europäer gab, die ihre Schulden bereits zurückzahlten.

Heute gibt es in Italien Leute, die sagen, der Mythos der Resistenza sei eine kommunistische Lüge gewesen. Wahr ist, daß die Kommunisten die Resistenza wie ein persönliches Eigentum ausgebeutet haben, da sie eine führende Rolle in ihr spielten.

Aber ich erinnere mich auch an Partisanen, die Halstücher in anderen Farben trugen.

Am Radio klebend, horchte ich nachts – bei geschlossenen Fenstern, während die allgemeine Verdunkelung den kleinen Raum um das Gerät zum einzigen Lichtkreis machte – auf die Botschaften, die Radio London an die Partisanen sandte. Sie waren dunkel und poetisch zugleich (»Die Sonne geht abermals auf«, »Die Rosen werden blühen«), und die meisten waren Botschaften »für die Franchi«. Jemand flüsterte mir zu, daß Franchi der Anführer einer der schlagkräftigsten Untergrundorganisationen in Norditalien war, ein Mann von legendärer Tapferkeit. Franchi wurde mein Held. Franchi (sein richtiger Name war Edgardo Sogno) war ein Monarchist und so glühend antikommunistisch, daß er sich nach dem Krieg rechtsextremen Gruppen anschloß und angeklagt wurde, bei der Planung eines reaktionären Staatsstreichs mitgemacht zu haben. Aber wen kümmert's? Sogno bleibt der Traumheld meiner Kindheit. Die Befreiung war ein Gemeinschaftswerk von Leuten aus verschiedenen Lagern.

Heute gibt es in Italien Leute, die sagen, der Befreiungskrieg sei eine tragische Zeit der Spaltung gewesen und was wir jetzt brauchten, sei eine nationale Versöhnung. Die Erinnerung an jene schrecklichen Jahre müsse verdrängt werden. Aber Verdrängung erzeugt Neurosen. Wenn Versöhnung heißt, Mitgefühl und Respekt für all jene zu haben, die ihren Krieg in gutem Glauben führten, heißt Vergeben jedoch nicht Vergessen. Ich kann sogar zugestehen, daß Eichmann aufrichtig an seine Mission geglaubt hat, aber ich kann nicht sagen: »Okay, komm wieder und mach's noch mal.« Wir sind hier versammelt, um an das zu erinnern, was geschehen ist, und feierlich zu erklären, daß »sie« es nie wieder tun dürfen.

Aber wer sind »sie«?

Denken wir hier an die totalitären Regime, die Europa vor dem Zweiten Weltkrieg beherrschten, so können wir in aller Ruhe sagen, daß sie unter den veränderten historischen Bedingungen schwerlich in derselben Form wiederkehren werden. Gründete sich Mussolinis Faschismus auf die Idee eines charismatischen Führers, auf den Korporativismus, auf die Utopie der »schicksalhaften Bestimmung Roms«, auf einen imperialistischen Willen zur Eroberung neuer Gebiete, auf einen rabiaten Nationalismus, auf das Ideal einer ganzen Nation im Schwarzhemd, auf die Ablehnung der parlamentarischen Demokratie und auf den Antisemitismus, so habe ich keine Schwierigkeiten zuzugeben, daß heute die italienische Alleanza Nazionale, die aus der faschistischen Nachkriegspartei MSI hervorgegangen und gewiß eine Partei der Rechten ist, nur noch wenig mit dem alten Faschismus zu tun hat. Aus den gleichen Gründen denke ich nicht – auch wenn ich sehr beunruhigt bin über die verschiedenen neonazistischen Bewegungen, die sich da und dort in Europa einschließlich Rußlands regen –, daß der Nationalsozialismus im Begriff ist, in seiner ursprünglichen Form als eine das ganze Volk mitreißende Bewegung wiederaufzuerstehen.

Dennoch, auch wenn politische Regime gestürzt, Ideologien kritisiert und demontiert werden können – hinter jedem Regime und seiner Ideologie steht eine Art des Denkens und Fühlens, eine Reihe von kulturellen Gewohnheiten, eine Wolke von dunklen Instinkten und unauslotbaren Trieben. Gibt es also noch ein weiteres Gespenst, das in Europa umgeht (um nicht von anderen Teilen der Welt zu sprechen)?

Ionesco sagte einmal: »Nur die Wörter zählen, der Rest ist bloßes Geschwätz.« Sprachgewohnheiten sind oft wichtige Symptome für unausgedrückte Gefühle.

Es lohnt sich daher zu fragen, warum nicht nur der bewaffnete Widerstand, sondern der ganze Zweite Weltkrieg überall in der Welt als ein Kampf gegen den *Faschismus* definiert worden ist. Wer

Hemingways *Wem die Stunde schlägt* nachliest, wird feststellen, daß Robert Jordan seine Feinde stets als Faschisten bezeichnet, auch wenn er an die spanischen Falangisten denkt. Und Franklin D. Roosevelt erklärte am 23. September 1944: »Der Sieg des amerikanischen Volkes und seiner Verbündeten wird ein Sieg über den Faschismus und das von ihm repräsentierte Erbe des Despotismus sein.«

Während McCarthys Kommunistenhatz wurden diejenigen Amerikaner, die im Spanischen Bürgerkrieg gekämpft hatten, als *»premature anti-fascists«* (verfrühte Antifaschisten) bezeichnet – womit gesagt werden sollte, daß zwar der Kampf gegen Hitler in den vierziger Jahren eine moralische Pflicht für jeden guten Amerikaner war, aber der Kampf gegen Franco in den dreißiger Jahren einen verdächtigen Beigeschmack hatte, weil er hauptsächlich von Kommunisten und anderen Linken geführt worden war. Und warum titulierten dreißig Jahre später linksradikale Amerikaner einen Polizisten, dem ihre Rauchgewohnheiten nicht gefielen, als *fascist pig*? Warum sagten sie nicht *falangist pig, cagoulard pig, ustasha pig, nazi pig*?

Hitlers *Mein Kampf* ist die vollständige Offenlegung eines politischen Programms. Der Nationalsozialismus hatte eine Theorie des Rassismus und des Ariertums, einen präzisen Begriff von degenerierter (»entarteter«) Kunst, eine Philosophie des Willens zur Macht und des »Übermenschen«. Der Nationalsozialismus war entschieden antichristlich und neuheidnisch, so wie Stalins »Diamat« (die offizielle Version des sowjetischen Marxismus) klar materialistisch und atheistisch war. Versteht man unter Totalitarismus ein Regime, das alles individuelle Handeln dem Staat und seiner Ideologie unterordnet, so waren Nationalsozialismus und Stalinismus totalitäre Regime.

Der italienische Faschismus war zweifellos eine Diktatur, aber er war nicht durchgehend totalitär, nicht wegen seiner Milde, sondern wegen der philosophischen Schwäche seiner Ideologie. Entgegen der verbreiteten Meinung hatte der italienische Faschismus keine eigene Philosophie. Der von Mussolini unterzeichnete Artikel »Fascismo« in der *Enciclopedia Treccani* war von Giovanni Gentile verfaßt oder im wesentlichen inspiriert worden, aber er reflektierte eine späthegelianische Idee vom »absoluten sittlichen Staat«, die Mussolini nie ganz verwirklicht hat. Mussolini hatte überhaupt keine Philosophie, er hatte nur eine Rhetorik. Er begann als militanter Atheist, aber dann unterzeichnete er das Konkordat mit der Kirche und hieß die Bischöfe willkommen, die die faschistischen Fähnchen segneten. In seinen ersten antiklerikalen Jahren soll er einmal, einer glaubwürdigen Legende zufolge, Gott aufgefordert haben, ihn auf der Stelle niederzustrecken, um seine Existenz zu beweisen. Gott war offensichtlich zerstreut. In späteren Jahren rief Mussolini in seinen Reden ständig den Namen Gottes an und hatte nichts dagegen, wenn er als »Mann der Vorsehung« bezeichnet wurde.

Man kann sagen, daß der italienische Faschismus die erste Rechtsdiktatur war, die ein europäisches Land beherrschte, und daß alle ähnlichen Bewegungen, die später kamen, in Mussolinis Regime eine Art Archetyp sahen. Der italienische Faschismus war der erste, der sich eine militärische Liturgie, eine Folklore und sogar eine eigene Kleidermode schuf – womit er im Ausland mehr Erfolg als Armani, Benetton oder Versace haben sollte. Erst in den dreißiger Jahren erschienen faschistische Bewegungen in England (mit Mosley), in Lettland, Estland, Litauen, Polen, Ungarn, Rumänien, Bulgarien, Griechenland, Jugoslawien, Spanien, Portugal, Norwegen und sogar Südamerika, um von Deutschland gar nicht zu reden. Es war der italienische Faschismus, der viele liberale Politiker in Europa davon überzeugte, daß dieses neue Regime interessante soziale Reformen durchführte, die eine gemäßigt revolutionäre Alternative zur kommunistischen Bedrohung darstellen konnten.

Dennoch scheint mir die historische Priorität kein ausreichender Grund, um zu erklären, warum gerade der Begriff *Faschismus* zu einer Sammelbezeichnung oder einem Pars pro toto für verschiedene totalitäre Bewegungen geworden ist. Es hilft nichts zu sagen, der italienische Faschismus habe alle Elemente der späteren Totalitarismen sozusagen »als Quintessenz« in sich enthalten. Im Gegenteil, der italienische Faschismus besaß überhaupt keine Quintessenz, ja nicht einmal eine einzelne Essenz. Er war ein verschwommener Totalitarismus, verschwommen im Sinne von *fuzzy.** Er war keine monolithische Ideologie, sondern eher eine Collage aus verschiedenen politischen und philosophischen Ideen, ein Bienenkorb voller Widersprüche. Kann man sich eine totalitäre Bewegung vorstellen, die es fertigbringt, Monarchie und Revolution zu vereinigen, Königliche Armee und Mussolinis Privatmiliz, Garantie der kirchlichen Privilegien und eine gewaltverherrlichende Staatserziehung, totale Kontrolle und freien Markt? Die faschistische Partei war mit der Proklamation einer neuen revolutionären Ordnung auf den Plan ge-

* Neuerdings in der Logik benutzt, um undeutlich konturierte Ensembles zu bezeichnen, könnte der Terminus *fuzzy* mit »faserig«, »ungenau«, »ausgefranst« übersetzt werden.

treten, aber finanziert wurde sie von den konservativsten Agrariern, die eine Konterrevolution von ihr erwarteten. In seinen Anfängen war der Faschismus republikanisch, doch er überlebte zwanzig Jahre, indem er seine Loyalität zur Königsfamilie proklamierte und einem »Dux« erlaubte, Arm in Arm mit einem »Rex« zu gehen, dem er auch noch den Titel »Imperator« anbot. Als dieser König dann schließlich, im Sommer 1943, seinen »Ersten Minister« Mussolini entließ, trat die Partei zwei Monate später, mit deutscher Hilfe, unter dem Banner einer »sozialen« Republik wieder auf den Plan und spielte erneut ihre alte revolutionäre Partitur, bereichert um fast jakobinische Obertöne.

Es gab nur *eine* Nazi-Architektur und nur *eine* Nazi-Kunst. Wenn Albert Speer Hitlers Architekt war, gab es in Deutschland keinen Platz für Mies van der Rohe. In gleicher Weise gab es unter Stalin, wenn Lamarck recht hatte, keinen Platz für Darwin. Unter Mussolini dagegen gab es zwar gewiß faschistische Architekten, aber neben ihren Pseudo-Kolosseen entstanden auch neue Bauten im Geist des modernen Rationalismus nach Art von Gropius.

Es gab keinen faschistischen Shdanow, der eine strikte kulturpolitische Linie vorschrieb. Es gab in Italien zwei bedeutende Kunstpreise: Der Premio Cremona wurde von einem ungebildeten und fanatischen Faschisten wie Roberto Farinacci kontrolliert, der eine propagandistische Kunst förderte (ich erinnere mich an Bilder mit Titeln wie »Beim Anhören einer Radioansprache des Duce« oder »Vom Faschismus geschaffene Geisteshaltungen«); der Premio Bergamo wurde von dem gebildeten und einigermaßen toleranten Faschisten Giuseppe Bottai finanziert, der sowohl die L'art-pour-l'art-Richtung schützte wie auch die vielen Arten der Avantgardekunst, die in Deutschland als »entartet« und »kryptokommunistisch« galten, da allein der Germanenkitsch zugelassen war.

Der Nationaldichter war D'Annunzio, ein Dandy, der in Deutschland oder Rußland vor ein Exekutionskommando gestellt worden wäre. Zum *Vate Nazionale*, zum »Seher« oder Barden des Regimes ernannt worden war er wegen seines Nationalismus und seiner kultischen Verherrlichung des Heroischen – die in Wahrheit eine starke Dosis französischer Fin-de-siècle-Dekadenz enthielt.

Oder nehmen wir den Futurismus. Man sollte meinen, er wäre als ein Beispiel für »entartete Kunst« angesehen worden, so wie der Expressionismus, der Kubismus und der Surrealismus. Aber die ersten italienischen Futuristen waren Nationalisten, sie befürworteten aus ästhetischen Gründen den Eintritt Italiens in den Ersten Weltkrieg, sie verherrlichten die Geschwindigkeit, die Gewalt und das Risiko, und irgendwie schien das alles dem faschistischen Jugendkult nahe. Während der Faschismus sich mit dem Römischen Reich identifizierte und die ländlichen Traditionen wiederentdeckte, wurde Marinetti (der verkündete, ein Auto sei schöner als die Nike von Samothrake, und der sogar den Mondschein niedermachen wollte) zum Mitglied der Italienischen Akademie ernannt, die den Mondschein sehr respektvoll behandelte.

Viele der künftigen Partisanen und künftigen KP-Intellektuellen wurden von den »Gruppi Universitari Fascisti« (GUF) erzogen, der faschistischen Studentenvereinigung, die eigentlich die Wiege der neuen faschistischen Kultur sein sollte. Diese Debattierklubs entwickelten sich zu einer Art intellektuellem Schmelztiegel, in dem neue Ideen ohne jegliche ideologische Kontrolle zirkulierten, nicht weil die Parteibosse so tolerant gewesen wären, sondern weil nur wenige von ihnen über die intellektuellen Mittel zu ihrer Kontrolle verfügten.

Während jener zwei Jahrzehnte war die Dichtung Montales und anderer Autoren, die zur Gruppe der sogenannten Hermetiker gerechnet wurden, eine Reaktion auf den pompösen Stil des Regimes, und doch war es diesen Dichtern erlaubt, ihren literarischen Protest im Innern dessen zu formulieren, was als ihr Elfenbeinturm angesehen wurde. Die Grundstimmung der Hermetiker war das genaue Gegenteil des faschistischen Optimismus- und Heroismuskults. Das Regime duldete diesen offenkundigen, wenn auch gesellschaftlich nicht wahrnehmbaren Dissens einfach deshalb, weil es einer so dunkel-geheimnisvollen Sprache nicht genügend Beachtung schenkte.

Das soll nicht heißen, daß der italienische Faschismus tolerant gewesen wäre. Gramsci wurde bis zum Tod eingekerkert, Oppositionsführer wie Matteotti und die Brüder Rosselli wurden ermordet, die Pressefreiheit wurde abgeschafft, die Gewerkschaften wurden zerschlagen, politische Dissidenten auf entlegene Inseln verbannt. Die Legislative verkam zu einer bloßen Fiktion, und die Exekutive (die die Judikative ebenso kontrollierte wie die Massenmedien) erließ aus eigener Machtvollkommenheit neue Gesetze, darunter auch solche zum »Schutz der Rassereinheit« (die formale italienische Unterstützungsgeste für das, was später der Holocaust werden sollte).

Das widersprüchliche Bild, das ich hier beschreibe, war nicht das Ergebnis von Toleranz, sondern von politischer und ideologischer Verwirrung. Allerdings einer »geordneten Verwirrung«, einer strukturierten Konfusion. Der Faschismus hing zwar philosophisch in der Luft, aber emotional war er fest in einigen archetypischen Fundamenten verankert.

Damit kommen wir zum zweiten Punkt meiner These. Es gab nur *einen* Nazismus, und wir können Francos hyperkatholischen Falangismus nicht als Nazismus etikettieren, denn der Nazismus ist zutiefst heidnisch, polytheistisch und antichristlich, oder er ist kein Nazismus. Aber das faschistische Spiel läßt sich auf vielerlei Weise spielen, und der Name des Spiels bleibt der gleiche. Tatsächlich ähnelt der Begriff des Faschismus dem Begriff des Spiels bei Wittgenstein. Ein Spiel kann kompetitiv oder nicht kompetitiv sein, es kann einen oder mehrere Spieler involvieren, es kann eine gewisse Geschicklichkeit erfordern oder nicht, es kann um Geld oder nicht um Geld gehen. Spiele sind unterschiedliche Aktivitäten, die lediglich eine gewisse »Familienähnlichkeit«, wie Wittgenstein es nannte, aufweisen. Betrachten wir die folgende Sequenz:

1	2	3	4
abc	bcd	cde	def

Angenommen, es gibt eine Reihe politischer Gruppen, in der die erste durch die Merkmale *abc* charakterisiert ist, die zweite durch die Merkmale *bcd* und so weiter. Die zweite Gruppe ähnelt der ersten, insofern sie zwei Merkmale mit ihr gemeinsam hat; aus demselben Grund ähnelt die dritte Gruppe der zweiten. Man beachte, daß die Gruppe drei auch der ersten ähnelt (beide haben das Merkmal *c* gemeinsam). Den eigenartigsten Fall stellt die Gruppe vier dar, die offensichtlich den Gruppen drei und zwei ähnelt, aber kein Merkmal mit der Gruppe eins gemeinsam hat. Dennoch bleibt, infolge der ununterbrochenen Kette abnehmender Ähnlichkeit von eins bis vier, durch eine Art illusorischer Transitivität eine Familienähnlichkeit zwischen vier und eins bestehen.

Der Begriff *Faschismus* konnte deshalb zu einer Sammelbezeichnung werden, weil ein faschistisches Regime auch dann noch als faschistisch erkennbar bleibt, wenn man ein oder mehrere Merkmale abzieht. Ziehen wir den Imperialismus vom Faschismus ab, haben wir immer noch Franco und Salazar. Ziehen wir den Kolonialismus ab, so haben wir noch den Balkanfaschismus der Ustascha. Fügen wir dem italienischen Faschismus einen radikalen Antikapitalismus hinzu (der Mussolini nie sehr interessiert hat), so haben wir Ezra Pound. Fügen wir einen Kult der keltischen Mythologie und die Gralsmystik hinzu (die dem offiziellen italienischen Faschismus völlig fremd waren), so haben wir einen der höchstgeachteten faschistischen Gurus: Julius Evola.

Trotz dieser Verschwommenheit halte ich es jedoch für möglich, eine Liste von Merkmalen aufzustellen, die typisch für das sind, was ich den immerwährenden oder Ur-Faschismus nennen möchte. Diese Merkmale lassen sich nicht in ein System ordnen; viele von ihnen widersprechen einander und sind auch charakteristisch für andere Arten von Despotismus oder Fanatismus. Doch es genügt, daß eines von ihnen präsent ist, und der Faschismus hat einen Kristallisationspunkt, um den herum er sich bilden kann.

1. Das erste Merkmal des Ur-Faschismus ist ein *Kult der Überlieferung.* Natürlich ist der Traditionalismus viel älter als der Faschismus. Er war nicht nur typisch für das gegenrevolutionäre katholische Denken nach der Französischen Revolution, er war bereits in der späthellenistischen Zeit als Reaktion auf den klassisch-griechischen Rationalismus entstanden.

Im ganzen Mittelmeerraum begannen damals Völker mit verschiedenen Religionen (deren Götter meistens bereitwillig in das römische Pantheon aufgenommen wurden) von einer in der Morgendämmerung der Menschheit empfangenen Offenbarung zu träumen. Diese Offenbarung war der überlieferten Mystik zufolge lange Zeit unter dem Schleier vergessener Sprachen verborgen geblieben – sie steckte in den ägyptischen Hieroglyphen, den keltischen Runen, den Schriftrollen wenig bekannter asiatischer Religionen. Daher mußte die neue Kultur zwangsläufig *synkretistisch* sein. Synkretismus ist nicht nur, wie in den Wörterbüchern zu lesen steht, »die Vermischung verschiedener Religionen, Glaubens- oder Kultformen«; diese Vermischung *muß auch Widersprüche ertragen können.* Jede der ursprünglichen Botschaften enthält einen Splitter der Weisheit, und wenn sie Unterschiedliches oder Unvereinbares zu besagen scheinen, liegt es nur daran, daß sie allesamt allegorisch auf eine Ur-Wahrheit anspielen.

Infolgedessen *kann es keinen Fortschritt des Wissens geben.* Die Wahrheit ist ein für allemal offenbart worden, und wir können nur fortfahren, ihre dunkle Botschaft zu interpretieren. Man braucht nur einen Blick in den Kanon jeder faschistischen Bewegung zu werfen, um die wichtigsten traditionalistischen Denker zu finden. Die Nazi-Gnosis speiste sich aus traditionalistischen, synkretistischen und okkulten Elementen. Die wichtigste Quelle für die Theorien der neuen italienischen Rechten, die Schriften von Julius Evola, vermengen den Heiligen Gral mit den »Protokollen der

Weisen von Zion« und die Alchimie mit dem Heiligen Römischen Reich. Gerade der Umstand, daß die italienische Rechte kürzlich, um ihre geistige Offenheit zu beweisen, ihren Kanon um Werke von De Maistre, Guénon und Gramsci erweitert hat, ist ein schlagender Beweis ihres Synkretismus.

Wenn man in den mit »New Age« etikettierten Regalen amerikanischer Buchhandlungen stöbert, kann man dort auch Augustinus finden, der meines Wissens kein Faschist war. Aber die Vermischung von Augustinus und Stonehenge – *das* ist ein Symptom des Ur-Faschismus.

2. Traditionalismus impliziert *Ablehnung der Moderne.* Sowohl die Faschisten wie die Nazis verehrten die Technik, während traditionalistische Denker sie gewöhnlich als Negation der überlieferten geistigen Werte ablehnen. Doch so stolz der Nazismus auch auf seine industriellen Leistungen war, sein Lob der Moderne war nur die Oberfläche einer auf »Blut und Boden« gegründeten Ideologie. Die Ablehnung der modernen Welt tarnte sich als Verurteilung der kapitalistischen Lebensweise, aber sie richtete sich in erster Linie gegen den Geist von 1789 (und natürlich von 1776). Die Aufklärung und das Zeitalter der Vernunft wurden als Beginn der modernen

Verderbnis gesehen. In diesem Sinne läßt sich Ur-Faschismus als *Irrationalismus* definieren.

3. Irrationalismus hängt auch mit einem *Kult der Aktion um der Aktion willen* zusammen. Damit eine Aktion an sich schön ist, muß sie ohne jedes vorherige Nachdenken erfolgen. Denken ist eine Form der Kastration. Darum ist Kultur suspekt, sobald und soweit sie mit kritischen Haltungen identifiziert wird. Mißtrauen gegenüber der intellektuellen Welt war stets ein Symptom des Ur-Faschismus, von der berühmten, Goebbels zugeschriebenen Erklärung »Wenn ich von Kultur reden höre, ziehe ich den Revolver« bis zum häufigen Gebrauch von Ausdrücken wie »degeneriertes Intellektuellenpack«, »Eierköpfe«, »radikale Snobs«, »Ratten und Schmeißfliegen«. Die offiziellen faschistischen Intellektuellen waren hauptsächlich damit beschäftigt, der modernen Kultur und der liberalen Intelligenz vorzuwerfen, sie hätten die überlieferten Werte verraten.

4. Kein synkretistischer Glaube kann Kritik hinnehmen. Der kritische Geist trifft Unterscheidungen, und zu unterscheiden ist ein Zeichen von Modernität. In der modernen Kultur preist die wissenschaftliche Gemeinschaft den Dissens als ein Mittel zur Vermehrung des Wissens. Für den Ur-Faschismus ist Dissens Verrat.

5. Außerdem ist Dissens immer auch ein Zeichen für Vielfalt. Der Ur-Faschismus wächst und sucht sich Konsens, indem er die natürliche *Angst vor dem Andersartigen* ausbeutet und vertieft. Der erste Appell einer faschistischen oder vorfaschistischen Bewegung richtet sich immer gegen die Eindringlinge. Daher ist der Ur-Faschismus per definitionem rassistisch.

6. Der Ur-Faschismus entspringt individueller oder gesellschaftlicher Frustration. Darum war eines der typischen Merkmale der historischen Faschismen der *Appell an die frustrierten Mittelklassen*, die unter einer ökonomischen Krise und/oder einer politischen Demütigung litten und sich vor dem Druck subalterner gesellschaftlicher Gruppen fürchteten. Heute, da die einstigen »Proletarier« Kleinbürger werden (und die »Lumpenproletarier« sich vom politischen Leben selbst ausschließen), wird der Faschismus sein Publikum in dieser neuen Mehrheit finden.

7. Denen, die jeder gesellschaftlichen Identität beraubt sind, sagt der Ur-Faschismus, daß ihr einziges Privileg das allgemeinste von allen ist, nämlich im selben Lande geboren zu sein. Das ist der Ursprung des »Nationalismus«. Zudem sind die einzigen, die der Nation eine Identität geben können, ihre Feinde. Daher liegt an der Wurzel der

urfaschistischen Psychologie die *Obsession einer Verschwörung*, nach Möglichkeit einer internationalen. Die Anhänger müssen sich belagert fühlen. Am einfachsten läßt sich eine Verschwörung durch einen *Appell an die Fremdenfeindlichkeit* hervorzaubern. Allerdings muß die Verschwörung auch von innen kommen; daher sind die Juden gewöhnlich das beste Ziel, da sie den Vorteil bieten, gleichzeitig innen und außen zu sein.

8. Die Anhänger müssen sich vom offen gezeigten Reichtum und der Stärke ihrer Feinde gedemütigt fühlen. Als ich ein Junge war, lehrte man mich, die Engländer seien das »Volk der fünf Mahlzeiten«, weil sie öfter aßen als die armen, aber nüchternen Italiener. Die Juden gelten als reich und helfen einander durch ein geheimes Unterstützungsnetz. Die Anhänger müssen jedoch auch überzeugt sein, daß sie die Feinde besiegen können. So kommt es, daß die Feinde durch eine ständige Verlagerung des rhetorischen Brennpunkts *gleichzeitig zu stark und zu schwach sind.* Die Faschismen sind dazu verurteilt, ihre Kriege zu verlieren, weil sie konstitutionell unfähig sind, die Stärke des Feindes richtig einzuschätzen.

9. Für den Ur-Faschismus gibt es keinen Kampf ums Überleben, sondern eher ein »Leben für den Kampf«. Daher ist Pazifismus *Kollaboration mit dem*

Feind. Pazifismus ist schlecht, weil das Leben ein permanenter Krieg ist. Das erzeugt jedoch einen Armageddon-Komplex. Da die Feinde besiegt werden müssen und können, muß es einen Endkampf geben, nach dem die Bewegung die Weltherrschaft antreten wird. Eine solche »Endlösung« impliziert jedoch eine anschließende Zeit des Friedens, ein Goldenes Zeitalter, das im Widerspruch zum Prinzip des permanenten Krieges steht. Keinem faschistischen Führer ist es jemals gelungen, diesen Widerspruch aufzulösen.

10. Elitedenken ist ein typischer Aspekt jeder reaktionären Ideologie, insofern es seinem Wesen nach aristokratisch ist, und jedes aristokratische und militaristische Elitedenken impliziert die *Verachtung der Schwachen.* Der Ur-Faschismus kann nur ein »völkisches Elitedenken« predigen: Jeder Bürger gehört zum besten Volk der Welt, die Parteimitglieder sind die besten Bürger, und jeder Bürger kann (oder sollte) Parteimitglied werden. Doch keine Patrizier ohne Plebejer. Da der Führer weiß, daß er die Macht nicht demokratisch verliehen bekommen, sondern gewaltsam an sich gerissen hat, weiß er auch, daß seine Stärke auf der Schwäche der Massen beruht – sie sind so schwach, daß sie einen Herrscher brauchen und verdienen. Da die Bewegung hierarchisch organisiert ist (nach mi-

litärischem Vorbild), verachtet jeder Unterführer die eigenen Untergebenen, und jeder von diesen verachtet die unter ihm Stehenden. All dies stärkt das Gefühl einer Massenelite.

11. In dieser Perspektive *werden alle zum Heldentum erzogen.* In jeder Mythologie ist der Held ein Ausnahmewesen, aber in der Ideologie des Ur-Faschismus ist Heroismus die Norm. Dieser Kult des Heroismus ist eng mit dem *Kult des Todes* verbunden; nicht zufällig war das Motto der Falangisten *»Viva la muerte!«*. In nichtfaschistischen Gesellschaften wird den Leuten gesagt, der Tod sei etwas Unangenehmes, dem man jedoch mit Würde begegnen müsse; den Gläubigen wird gesagt, er sei der schmerzliche Weg zu einem übernatürlichen Glück. Der urfaschistische Held dagegen ersehnt den Heldentod, der ihm als die beste Belohnung eines heroischen Lebens gepredigt wird. Der urfaschistische Held wartet mit Ungeduld auf den Tod. In seiner Ungeduld gelingt es ihm dann nicht selten, andere in den Tod zu schicken.

12. Da sowohl permanenter Krieg wie Heldentum schwierige Spiele sind, überträgt der Ur-Faschist seinen Willen zur Macht auf das sexuelle Gebiet. Dies ist der Ursprung des *Machismo* (der nicht nur Frauenverachtung bedeutet, sondern auch Ablehnung und Verurteilung aller nicht zum Stan-

dard gehörigen Sexualgewohnheiten, von der Keuschheit bis zur Homosexualität). Da aber auch Sexualität ein schwieriges Spiel ist, neigt der urfaschistische Held zum Spiel mit Waffen, die dann sein Phallusersatz werden.

13. Ur-Faschismus beruht auf einem *selektiven oder qualitativen Populismus.* In Demokratien haben die Bürger individuelle Rechte, aber politischen Einfluß können sie nur gemeinsam unter einem quantitativen Gesichtspunkt ausüben – die Mehrheit entscheidet. Für den Ur-Faschismus dagegen haben Individuen als Individuen keinerlei Rechte, während das »Volksganze« als eine Qualität begriffen wird, eine monolithische Entität, die den gemeinsamen Willen aller zum Ausdruck bringt. Da jedoch eine große Zahl von Menschen keinen gemeinsamen Willen haben kann, wirft sich der Führer zu ihrem Interpreten auf. Nachdem sie ihre Delegationsmacht verloren haben, handeln die Bürger nicht mehr; sie werden nur noch von Zeit zu Zeit pars pro toto zusammengerufen, um die Rolle des Volkes zu spielen. Das Volk ist also nur eine Theaterfiktion. Um ein gutes Beispiel für qualitativen Populismus zu haben, brauchen wir nicht mehr die Piazza Venezia in Rom (wo Mussolini seine Reden »ans Volk« hielt) oder das Nürnberger Reichsparteitagsgelände zu bemühen. In unserer

Zukunft bietet sich ein TV- oder Internet-Populismus an, bei dem die emotionale Antwort einer Gruppe ausgewählter Bürger als »Stimme des Volkes« präsentiert und akzeptiert werden kann.

Aufgrund seines qualitativen Populismus muß sich der Ur-Faschismus *gegen die »verrotteten« parlamentarischen Regime stellen.* Einer der ersten Sätze, die Mussolini im italienischen Parlament sagte, war: »Ich hätte diesen trüben grauen Ort in einen Biwak für meine Manipel verwandeln können« – Manipel waren Unterabteilungen der römischen Legionen. Tatsächlich fand Mussolini gleich darauf bessere Unterkünfte für seine Manipel, aber das Parlament löste er dann trotzdem auf. Wann immer ein Politiker die Legitimität des Parlaments in Zweifel zieht, weil es nicht mehr die »Stimme des Volkes« repräsentiere, riecht es nach Ur-Faschismus.

14. Der Ur-Faschismus spricht *Newspeak.* Orwell hatte *Newspeak* in *1984* als offizielle Sprache des »Ingsoc« oder Englischen Sozialismus erfunden, aber Elemente des Ur-Faschismus sind verschiedenen Formen von Diktatur gemeinsam. Alle nazistischen oder faschistischen Schulbücher bedienten sich eines verarmten Vokabulars und einer versimpelten Syntax, um die Mittel zu komplexem und kritischem Denken zu begrenzen. Aber wir müssen uns bereit halten, auch andere Formen von *New-*

speak zu identifizieren, selbst wenn sie die unschuldige Form einer populären Talkshow annehmen.

Nachdem ich die möglichen Archetypen des Ur-Faschismus skizziert habe, sei es mir erlaubt, noch einmal auf meine Kindheit zurückzukommen. Am Morgen des 27. Juli 1943 hörten wir im Radio, daß der Faschismus zusammengebrochen und Mussolini verhaftet worden sei. Meine Mutter schickte mich zum Zeitungholen. Ich ging zum nächsten Kiosk und sah, daß die Zeitungen andere Namen hatten. Mehr noch, nach einem kurzen Blick auf die Schlagzeilen machte ich mir bewußt, daß jede Zeitung etwas anderes sagte. Ich kaufte aufs Geratewohl eine und las auf der ersten Seite eine Erklärung, die von fünf oder sechs politischen Parteien unterzeichnet war, die Namen wie Democrazia Cristiana, Partito Comunista, Partito Socialista, Partito d'Azione und Partito Liberale trugen. Bis zu jenem Moment hatte ich geglaubt, daß es in jedem Land nur *eine* Partei gab und in Italien eben diejenige namens Partito Nazionale Fascista. Ich entdeckte, daß es in meinem Land mehrere verschiedene Parteien gleichzeitig geben konnte. Und da ich ein heller Junge war, sagte ich mir sofort, daß diese Parteien unmöglich über Nacht entstanden sein konnten. Ich begriff, daß sie bereits als Untergrundorganisationen existiert hatten.

Die Erklärung auf der Titelseite feierte das Ende der Diktatur und die Rückkehr der Freiheit: Freiheit der Rede, der Presse, der politischen Vereinigung. Diese Worte, »Freiheit«, »Diktatur« – mein Gott! –, es war das erste Mal in meinem Leben, daß ich sie las. Durch die Kraft dieser Worte wurde ich neu geboren als freier westlicher Mensch.

Wir müssen wachsam bleiben, damit der Sinn dieser Worte nicht wieder in Vergessenheit gerät. Der Ur-Faschismus ist immer noch um uns, manchmal in gutbürgerlich-ziviler Kleidung. Es wäre so bequem für uns, wenn jemand auf die Bühne der Welt träte und erklärte: »Ich will ein zweites Auschwitz, ich will, daß die Schwarzhemden wieder über Italiens Plätze marschieren!« Das Leben ist nicht so einfach. Der Ur-Faschismus kann in den unschuldigsten Gewändern daherkommen. Es ist unsere Pflicht, ihn zu entlarven und mit dem Finger auf jede seiner neuen Formen zu zeigen – jeden Tag, überall in der Welt. Die Worte Franklin D. Roosevelts am 4. November 1938 sind es wert, in Erinnerung gerufen zu werden: »Ich wage zu behaupten: wenn die amerikanische Demokratie aufhört, als lebendige Kraft voranzuschreiten, um Tag und Nacht mit friedlichen Mitteln das Los unserer Bürger zu verbessern, wird der Faschismus in unserem Lande an Kraft gewinnen.«

Freiheit und Befreiung sind eine niemals endende Aufgabe. Unser Motto muß heißen: »Nicht vergessen.«

Lassen Sie mich mit einem Gedicht von Franco Fortini schließen:

Sulla spalletta del ponte
Le teste degli impiccati
Nell'acqua della fonte
La bava degli impiccati.

Sul lastrico del mercato
Le unghie dei fucilati
Sull'erba secca del prato
I denti dei fucilati.

Mordere l'aria mordere i sassi
La nostra carne non è più d'uomini
Mordere l'aria mordere i sassi
Il nostro cuore non è più d'uomini.

Ma noi s'è letto negli occhi dei morti
E sulla terra faremo libertà
Ma l'hanno stretta i pugni dei morti
La giustizia che si farà.

[Zu deutsch ungefähr:

Auf dem Geländer der Brücke
Die Köpfe der Gehenkten
Im Wasser des Brunnens
Der Speichel der Gehenkten.

Auf dem Pflaster des Marktes
Die Nägel der Erschossenen
Im dürren Gras der Brache
Die Zähne der Erschossenen.

Zu beißen die Luft zu beißen die Steine
Unser Fleisch ist nicht mehr von Menschen
Zu beißen die Luft zu beißen die Steine
Unser Herz ist nicht mehr von Menschen.

Doch wir lasen in den Augen der Toten
Und werden Freiheit auf Erden schaffen
Umklammert halten die Fäuste der Toten
Die Gerechtigkeit, die wir schaffen werden.]

Wenn der andere ins Spiel kommt

Lieber Carlo Maria Martini,

Ihr Brief zieht mich aus einer großen Verlegenheit, um mich in eine ebenso große andere zu stürzen. Bisher war ich derjenige (nicht aufgrund eigener Entscheidung), der das Gespräch eröffnen mußte, und wer zuerst spricht, stellt unweigerlich Fragen in der Erwartung, daß der andere antwortet. Daher meine Verlegenheit, wenn ich mich inquisitorisch reden hörte. Und sehr bewundert habe ich die Entschiedenheit und die Demut, mit der Sie dreimal die Legende widerlegt haben, derzufolge Jesuiten auf jede Frage mit einer anderen Frage antworten.

Nun aber macht es mich verlegen, meinerseits auf Ihre Frage zu antworten, denn meine Antwort wäre nur von Bedeutung, wenn ich eine areligiöse Erziehung genossen hätte. Ich war jedoch bis zu meinem zweiundzwanzigsten Lebensjahr (um den Moment eines Bruchs zu benennen) sehr stark vom Katholizismus geprägt. Die agnostische Perspektive ist für mich kein passiv aufgenommenes Erbe, sondern das leidvoll erkämpfte Ergebnis einer langen und langsamen inneren Wandlung, und ich bin mir nie sicher, ob nicht manche meiner moralischen Überzeugungen immer noch von der religiösen Prägung abhängen, die ich ursprünglich erfahren hatte. In bereits vorgeschrittenem Alter habe ich einmal mitangesehen (in einer katholischen Universität außerhalb Italiens, die auch nichtkatholische Professoren einstellt, von denen sie lediglich formale Respektsbekundungen bei akademisch-religiösen Feiern verlangt), wie einige meiner Kollegen zum heiligen Abendmahl gingen, ohne an die Transsubstantiation zu glauben und daher auch ohne vorherige Beichte. Schaudernd verpürte ich, nach all den Jahren, noch immer den Schrecken des Sakrilegs.

Dennoch glaube ich sagen zu können, auf welchen Fundamenten heute meine »weltliche Religiosität« beruht – denn ich bin fest überzeugt, daß es Formen von Religiosität gibt, also Sinn für das Heilige, für die Grenze, für die Infragestellung und die Erwartung, für die Kommunion mit etwas, das uns übertrifft, auch wenn wir nicht an einen persönlichen und vorsorgenden Gott glauben. Aber das wissen auch Sie, wie ich aus Ihrem Brief entnehme. Ihre Frage ist, was es in diesen »weltlichen«

Formen von Ethik an Bindendem, Mitreißendem, Unverzichtbarem gibt.

Ich möchte mich der Frage auf einem Umweg nähern. Manche Probleme sind mir klarer geworden, indem ich über semantische Probleme nachdachte – und seien Sie unbesorgt, wenn jemand uns vorhält, wir drückten uns hier ein bißchen schwierig aus. Es könnte sein, daß er durch die – per definitionem voraussehbare – massenmediale »Enthüllung« dazu ermuntert worden ist, ein bißchen zu einfach zu denken. Die Leute sollen lernen, schwierige Dinge zu denken, denn weder das Mysterium noch die Evidenz sind einfach.

Mein Problem war, ob es »semantische Universalien« gibt, das heißt elementare Begriffe, die der ganzen menschlichen Gattung gemeinsam sind und in allen Sprachen ausgedrückt werden können. Das ist durchaus keine Selbstverständlichkeit, weiß man doch, daß viele Kulturen eine Reihe von begrifflichen Vorstellungen, die für uns evident sind, gar nicht kennen; zum Beispiel die Vorstellung, daß zu einer Substanz bestimmte Eigenschaften gehören (wie wenn wir sagen: »Der Apfel ist rot«) oder die der Identität ($a = a$). Dennoch bin ich zu der Überzeugung gelangt, daß es begriffliche Vorstellungen gibt, die allen Kulturen gemeinsam sind, und daß sie sich alle auf die Positionen unseres Körpers im Raum beziehen.

Wir sind Tiere, die aufrecht gehen, weshalb es für uns anstrengend ist, längere Zeit mit dem Kopf nach unten zu verharren; darum haben wir eine gemeinsame Vorstellung von dem, was oben und was unten ist, wobei wir das erste dem zweiten vorziehen. Desgleichen haben wir eine gemeinsame Vorstellung von einer rechten und einer linken Seite, vom Stehen und vom Liegen, vom Stillstehen und vom Gehen, vom Schleichen und vom Springen, vom Wachsein und vom Schlafen. Da wir Gliedmaßen haben, wissen wir alle, was es heißt, auf etwas Hartes zu schlagen, in etwas Weiches oder Flüssiges einzudringen, zu kneten, zu trommeln, zu stampfen, Fußtritte zu versetzen, vielleicht auch zu tanzen. Die Aufzählung könnte noch lange fortgesetzt werden und das Sehen, das Hören, das Essen und Trinken, das Hinunterschlucken und das Ausspucken einbeziehen. Und gewiß hat jeder Mensch Vorstellungen über das, was wahrnehmen, erinnern, wünschen, Angst haben, traurig oder erleichtert sein, Vergnügen oder Schmerz empfinden heißt; und was es heißt, Laute hervorzubringen, die diese Gefühle ausdrücken. Darum haben wir (und hier gelangen wir schon in die Sphäre des Rechts) universale Begriffsvorstellungen über den Zwang: Wir wünschen nicht, daß jemand uns hindert zu reden, zu sehen, zu hören, zu schlafen, zu schlucken oder auszuspucken, uns frei zu bewegen, wohin wir wollen. Wir leiden, wenn jemand uns fesselt oder einsperrt, uns schlägt, verwundet oder tötet, uns körperlichen Foltern unterzieht oder psychischen, die unser Denkvermögen beeinträchtigen oder vernichten.

Beachten Sie, daß ich bisher nur eine Art tierischen und solitären Adam eingeführt habe, der noch nicht weiß, was sexuelle Beziehung, Freude am Gespräch, Liebe zu Kindern oder Schmerz über den Verlust einer geliebten Person ist; aber schon in dieser Phase ist diese Semantik, zumindest für *uns* (wenn nicht für ihn oder sie), die Grundlage einer Ethik geworden: Wir müssen in erster Linie die Rechte der Körperlichkeit anderer respektieren, zu denen auch das Recht zu reden und zu denken gehört. Hätten unsere Artgenossen diese »Rechte des Körpers« respektiert, hätte es keinen Kindermord zu Bethlehem, keine im Zirkus den Löwen vorgeworfenen Christen, keine Bartholomäusnacht, keine Ketzerverbrennungen, keine Vernichtungslager, keine Kinder in Bergwerken und keine Vergewaltigungen in Bosnien gegeben.

Aber wie lernt das noch ganz aus Staunen und Wildheit bestehende Adam-(oder Eva-)Tier, das ich hier eingeführt habe, auch wenn es sein instinktives Repertoire von universalen Begriffsvorstellungen sofort entwickelt hat – wodurch lernt es nicht nur zu begreifen, daß es bestimmte Dinge will und von anderen nicht möchte, daß sie ihm angetan werden, sondern auch, daß es den anderen nicht antun darf, was es sich selbst nicht angetan haben möchte? Dadurch, daß sich der Garten Eden zum Glück rasch bevölkert. Die ethische Dimension beginnt, wenn der andere ins Spiel kommt. Jedes Gesetz, ob moralischer oder juridischer Art, regelt interpersonelle Beziehungen einschließlich derjenigen zu einem Großen Anderen, der es auferlegt.

Auch Sie schreiben ja dem tugendhaften Nichtgläubigen die Überzeugung zu, daß wir den anderen in uns haben. Aber bei dieser Überzeugung handelt es sich nicht um eine vage sentimentale Neigung, sondern um eine im Wortsinn »grundlegende« Bedingung. Wie uns auch die weltlichsten unter den Humanwissenschaften lehren, ist es der andere, der Blick des anderen, der uns definiert und formt. Ohne den Blick und die Antwort des anderen können wir nicht begreifen, wer wir sind (so wie wir nicht leben können, ohne zu essen und zu schlafen). Selbst wer andere tötet, vergewaltigt, beraubt, verletzt, tut das nur in Momenten der Ausnahme, und den Rest seines Lebens verbringt er damit, von seinesgleichen Anerkennung, Liebe, Achtung und Lob zu erbetteln. Sogar von denen, die er demütigt, verlangt er die Anerkennung der Angst und der Unterwerfung. Ohne den anerkennenden Blick eines anderen kann das Neugeborene, das im Wald ausgesetzt wird, nicht zu einem Menschen werden (oder es sucht den anderen, wie Tarzan, im Gesicht eines Affen), und wir würden sterben oder verrückt werden, wenn wir in einer Gemeinschaft leben müßten, in der ausnahmslos alle beschlossen hätten, uns nie anzusehen und sich so zu benehmen, als ob wir nicht existierten.

Wieso gibt oder gab es dann aber Kulturen, die das Massaker, den Kannibalismus, die Erniedrigung des Körpers anderer billigen? Einfach weil diese Kulturen den Begriff der zu respektierenden anderen auf die Angehörigen des eigenen Stammes oder Volkes reduzieren und die nicht dazugehörenden »Barbaren« als nichtmenschliche Wesen betrachten (aber auch die Kreuzfahrer empfanden ja die Ungläubigen nicht als Nächste, die man besonders lieben mußte). Die Anerkennung der Rolle der anderen, die Notwendigkeit, bei den anderen jene Ansprüche zu respektieren, die wir als unverzichtbar für uns selbst erachten, ist das Ergebnis eines jahrtausendelangen Lernprozesses.

Auch das christliche Liebesgebot wurde erst ausgesprochen (und nur höchst widerstrebend angenommen), als die Zeit dafür reif war.

Sie werden mich fragen, ob dieses Bewußtsein von der Bedeutung des anderen genügt, um mir eine absolute Basis, eine unverrückbare Grundlage für ein ethisches Verhalten zu geben. Ich könnte Ihnen darauf antworten, daß auch jene Grundlagen, die Sie als »absolut« definieren, viele Gläubige nicht daran hindern, zu sündigen im Wissen, daß sie sündigen, und damit wäre unser Gespräch zu Ende. Die Versuchung des Bösen ist auch in denen gegenwärtig, die einen transzendentalen Begriff des Guten haben. Aber ich möchte Ihnen zwei Anekdoten erzählen, die mir sehr zu denken gegeben haben.

Die erste betrifft einen Schriftsteller, der sich katholisch nennt, wenn auch *sui generis*, und dessen Namen ich nur deshalb nicht nenne, weil er mir das, was ich zitieren werde, in einem privaten Gespräch gesagt hat, und ich bin kein Denunziant. Es war zur Zeit von Johannes XXIII., und während mein alter Freund enthusiastisch von seinen Tugenden sprach, sagte er (in offensichtlich paradoxaler Absicht): »Papst Johannes muß atheistisch sein. Nur wer nicht an Gott glaubt, kann seinesgleichen so lieben!« Wie jedes Paradox enthielt auch dieses einen wahren Kern: Ich denke nicht an den Atheisten (eine Figur, die sich mir psychologisch entzieht, denn ich kann gut kantianisch nicht verstehen, wie man *nicht* an Gott glauben und der Meinung sein kann, daß seine Existenz *nicht* zu beweisen ist, um dann fest an die Inexistenz Gottes zu glauben in der Meinung, sie sei beweisbar), aber es scheint mir doch evident, daß jemand, der nie die Erfahrung der Transzendenz gemacht oder sie verloren hat, seinem Leben und seinem Tod einen Sinn nur geben und sich nur getröstet fühlen kann durch die Liebe zu anderen, durch den Versuch, jemand anderem ein lebenswertes Leben zu garantieren, auch wenn er selbst nicht mehr da ist. Gewiß gibt es auch solche, die nicht gläubig sind und sich dennoch nicht darum kümmern, dem eigenen Tod einen Sinn zu geben, aber es gibt auch solche, die sich gläubig nennen und dennoch bereit wären, einem lebenden Kind das Herz aus dem Leibe zu reißen, um nicht sterben zu müssen. Die Stärke einer Ethik bemißt sich am Verhalten der Heiligen, nicht am Verhalten derer, »deren Gott ihr Bauch ist«.

Damit komme ich zu meiner zweiten Anekdote. Ich war noch ein junger, sechzehnjähriger Katholik und hatte mich auf ein Streitgespräch mit einem älteren Bekannten eingelassen, der als »Kommunist« bekannt war in dem Sinne, den dieser Begriff in den schrecklichen fünfziger Jahren hatte. Und da er mich reizte, stellte ich ihm die entscheidende Frage: Wie könne er als Nichtgläubiger dem dann doch ganz sinnlosen eigenen Tod einen Sinn geben? Worauf er mir antwortete: »Indem ich vorher festlege, daß ich ohne kirchlichen Beistand begraben werde. Dann bin ich nicht mehr da, aber ich habe den anderen ein gutes Beispiel gegeben.« Ich denke, auch Sie können das tiefe Vertrauen in die Kontinuität des Lebens und das absolute Pflichtgefühl bewundern, das sich in dieser Antwort ausdrückte. Es ist dasselbe, das viele Nichtgläubige dazu befähigt hat, unter der Folter zu sterben, ohne ihre Freunde zu verraten, oder andere, sich von der Pest anstecken zu lassen, um die Pestkranken zu heilen. Manchmal ist es auch das einzige, was einen Philosophen zum Philosophieren treibt oder einen Schriftsteller zum Schreiben: eine Flaschenpost zu hinterlassen, damit das, woran man geglaubt hat oder was man schön fand, auch von den Nachgeborenen geglaubt oder schön gefunden werden kann.

Ist dieses Gefühl nun wirklich so stark, daß es eine ebenso klare, ebenso unbeugsame und festverwurzelte Ethik begründen kann wie die derer, die an die geoffenbarte Moral, an das Weiterleben der Seele, an Belohnung und Buße glauben? Ich habe versucht, die Prinzipien einer weltlichen Ethik auf das natürliche Faktum unserer Körperlichkeit zu gründen (das ja als natürliches Faktum auch für Sie Ergebnis eines göttlichen Planes ist) und auf den Gedanken, daß wir instinktiv wissen, daß wir nur durch die Gegenwart anderer eine Seele haben (oder etwas, das an ihrer Stelle steht). Woraus hervorgeht, daß das, was ich eine »weltliche Ethik« genannt habe, im Grunde eine natürliche Ethik ist, die auch der Gläubige nicht verkennen kann. Ist der natürliche Instinkt, zur richtigen Reifung und Bewußtheit seiner selbst gebracht, nicht ein Fundament, das genügend Garantien gibt? Gewiß können wir denken, daß er nicht genug Ansporn zu tugendhaftem Leben ist – »denn schließlich«, kann der Nichtgläubige sagen, »wird ja keiner das Böse erfahren, das ich im verborgenen tue«. Aber bedenken Sie wohl: Wer nicht gläubig ist, glaubt nicht, daß ihn jemand vom Himmel herab beobachtet, und folglich weiß er auch, daß es – eben deshalb – niemanden gibt, der ihm vergeben kann. Wenn er weiß, daß er Böses getan hat, wird seine Einsamkeit grenzenlos und sein Tod verzweifelt sein. Also wird er lieber, mehr als der Gläubige, die Läuterung durch die öffentliche Buße suchen, er wird die Vergebung der anderen erbitten. Das weiß er im Innersten seines Wesens, und folglich weiß er auch, daß er den anderen im voraus vergeben muß. Wie ließe sich sonst erklären, daß auch die Nichtgläubigen *Gewissensbisse* verspüren?

Ich möchte nicht, daß der Eindruck entsteht, es gäbe einen schroffen Gegensatz zwischen denen, die an einen transzendenten Gott glauben und denen, die an kein überindividuelles Prinzip glauben. Ich möchte daran erinnern, daß gerade die Ethik das Thema jenes großen Buches von Spinoza ist, das mit einer Definition Gottes als Ursache seiner selbst beginnt. Nur ist diese Gottheit Spinozas, wie wir sehr wohl wissen, weder transzendent noch persönlich. Dennoch kann auch aus der Vision einer großen und einzigen kosmischen *Substanz*, in der wir alle eines Tages aufgehen werden, eine Vision der Toleranz und der Güte hervorgehen, gerade weil wir alle am Gleichgewicht und an der Harmonie dieser einzigen *Substanz* interessiert sind. Und das sind wir, weil wir es in gewisser Weise für unmöglich halten, daß diese *Substanz* nicht auch durch das, was wir in den Jahrtausenden angestellt haben, irgendwie angereichert oder verunreinigt wird. So daß ich zu behaupten wage (nicht als metaphysische Hypothese, nur als zaghafte Konzession an die Hoffnung, die uns nie verläßt), daß man auch in dieser Perspektive das Problem eines irgendwie gearteten Lebens nach dem Tod wieder aufwerfen könnte. Heutzutage legt uns das elektronische Universum nahe, daß es Sequenzen von Botschaften geben kann, die sich von einem physischen Träger zum anderen übertragen lassen, ohne dabei ihre unwiederholbaren Eigenschaften zu verlieren, und die sogar in dem Augenblick, in dem sie den einen Träger verlassen und sich noch nicht auf dem anderen festgesetzt haben, als rein immaterielle Algorithmen weiterzuleben scheinen. Und wer weiß, ob der Tod, anstatt Implosion zu sein, nicht Explosion und neue Ausdrucksform, irgendwo zwischen den Wirbeln des Universums, jener *Software* ist (andere nennen sie »Seele«), die wir durch die Art unserer Lebensführung entwickelt haben, weshalb sie auch aus persönlichen Erinnerungen und Gewissensbissen besteht und folglich aus unheilbarem Leiden, oder aus dem Gefühl der Befriedigung über vollbrachte Pflicht, und aus Liebe.

Aber Sie sagen, ohne das Wort und Beispiel Christi fehle es jeder weltlichen Ethik an einer grundlegenden Rechtfertigung, die eine unausweichliche Überzeugungskraft hätte. Warum dem Nichtgläubigen das Recht entziehen, sich das Beispiel des vergebenden Christus zu Herzen zu nehmen? Versuchen Sie einmal, Carlo Maria Martini, zum Wohle der Diskussion und der Gegenüberstellung, an die Sie glauben, wenigstens für einen Augenblick die Hypothese zu akzeptieren, daß es Gott nicht gebe. Daß der Mensch durch einen Irrtum des täppischen Zufalls auf der Erde erschienen sei, nicht nur seiner Sterblichkeit ausgeliefert, sondern auch dazu verurteilt, ein Bewußtsein zu haben, mithin als das unvollkommenste aller Wesen (gestatten Sie mir den Leopardianischen Ton dieser Hypothese). Dieser Mensch würde nun, um den Mut zu finden, auf den Tod zu warten, notgedrungen ein religiöses Wesen werden, er würde sich bemühen, Erzählungen zu ersinnen, die ihm eine Erklärung und ein Modell liefern könnten, ein exemplarisches Bild. Und unter den vielen, die er sich ausdenken könnte – manche strahlend, manche erschreckend, manche pathetisch tröstlich –, hätte er in einem bestimmten Moment, wenn er zur Erfüllung der Zeit gelangt ist, die religiöse, moralische und poetische Kraft, das Modell des Christus zu konzipieren, das Modell der universalen Liebe, der Vergebung für die Feinde und des zur Rettung der anderen geopferten Lebens. Wenn ich ein Reisender aus einer fernen Galaxie wäre und vor einer Spezies stünde, die sich dieses Modell zu geben gewußt hat, würde ich überwältigt ihre enorme theogone Energie bewundern und würde diese jämmerliche und niederträchtige Spezies, die so viele Greuel begangen hat, allein dadurch als erlöst betrachten, daß sie es geschafft hat, sich zu wünschen und zu glauben, dies alles sei *Wahrheit.*

Geben Sie die Hypothese jetzt ruhig auf und überlassen Sie sie anderen, aber geben Sie zu: Selbst wenn Christus nur das Sujet einer großen Erzählung wäre – die Tatsache, daß diese Erzählung von ungefiederten Zweibeinern, die nur wissen, daß sie nichts wissen, erdacht und gewollt werden konnte, wäre ebenso wunderbar (wunderbar geheimnisvoll), wie daß der Sohn eines wirklichen Gottes wahrhaftig Mensch geworden sein soll. Dieses natürliche und irdische Mysterium würde nicht aufhören, die Herzen der Nichtgläubigen zu verwirren und zu veredeln.

Deswegen bin ich der Meinung, daß eine natürliche Ethik – respektiert man die tiefe Religiosität, die sie beseelt – sich in ihren zentralen Punkten mit den Prinzipien einer auf den Glauben an die Transzendenz begründeten Ethik treffen kann, zumal diese ja zugeben muß, daß die natürlichen Prinzipien aufgrund eines Heilsprogramms in unsere Herzen gemeißelt sind. Wenn dann, wie es sicher der Fall ist, Randzonen bleiben, die nicht deckungsgleich sind, ist das nichts anderes, als was bei der Begegnung zwischen verschiedenen Religionen geschieht. Und bei Glaubenskonflikten müssen *Caritas* und *Prudentia* überwiegen.

Die Migrationen, die Toleranz und das Untolerierbare

1. Die Migrationen des Dritten Jahrtausends

Das Jahr 2000 rückt näher. Ich werde hier nicht diskutieren, ob das neue Jahrtausend nun in der Nacht des 31. Dezembers 1999 beginnt oder erst in der Nacht des 31. Dezembers 2000, wie es Mathematik und Chronologie nahelegen würden. Auf dem Gebiet der Symbolik sind Mathematik und Chronologie eine Frage der Meinung, und gewiß ist 2000 eine magische Zahl, deren Zauber man sich nicht leicht entziehen kann, nachdem so viele Romane des vergangenen Jahrhunderts die Wunder des Jahres 2000 angekündigt haben.

Andererseits haben wir gelernt, daß auch unter chronologischem Blickwinkel die Computer mit ihren Daten am 1. Januar 2000 und nicht am 1. Januar 2001 in die Krise geraten werden. Unsere Gefühle mögen ungreifbar und verwirrt sein, aber die Computer gehen auch dann nicht fehl, wenn sie fehlgehen: Wenn sie am 1. Januar 2000 fehlgehen, liegen sie richtig.

Für wen ist das Jahr 2000 ein magisches Jahr? Für die christliche Welt natürlich, da es besagt, daß zweitausend Jahre seit der mutmaßlichen Geburt Christi vergangen sind (auch wenn wir wissen, daß Christus keineswegs im Jahre Null unserer Zeitrechnung geboren wurde). Wir können nicht »für die westliche Welt« sagen, weil die christliche Welt sich auch auf orientalische Kulturen erstreckt und weil zur sogenannten »westlichen« Welt auch Israel gehört, das zwar unsere Zählung der Jahre als *Common Era* betrachtet, aber in seiner Kultur eine andere Zählung praktiziert.

Andererseits hatte im 17. Jahrhundert der Protestant Isaac de la Peyrère entdeckt, daß die chinesischen Chronologien noch viel älter als die jüdischen waren, und hatte die Hypothese aufgestellt, daß die Erbsünde nur für die Nachkommen Adams gelte, nicht aber für andere, lange vorher geborene Rassen. Natürlich war er zum Häretiker erklärt worden, doch ob er nun aus theologischer Sicht im Unrecht war oder nicht, er reagierte auf eine Tatsache, die heute niemand mehr bezweifelt: Die verschiedenen Datierungsweisen, die in verschiedenen Kulturen gebräuchlich sind, reflektieren verschiedene Theogonien und Historiographien, und die christliche ist nur eine unter vielen (ich möchte auch zu bedenken geben, daß die Zählung *ab anno Domini* nicht so alt ist, wie man gemeinhin glaubt: noch im hohen Mittelalter zählte man die Jahre nicht seit der Geburt Christi, sondern seit der mutmaßlichen Erschaffung der Welt).

Ich denke, man wird das Jahr 2000 auch in Singapur und in Peking feiern, einfach wegen der Dominanz des europäischen Modells. Alle werden vermutlich die Ankunft des neuen Jahrtausends feiern, aber für die Mehrheit der Völker dieser Erde wird sie eher eine kommerzielle Konvention als eine innere Überzeugung sein. Wenn in China lange vor unserem Jahr Null eine Hochkultur blühte (und im übrigen wissen wir ja, daß vor diesem Jahr auch im Mittelmeerraum andere Hochkulturen blühten, wir haben uns nur darauf geeinigt, die Jahre, in denen Platon und Aristoteles lebten, als »vor Christus« zu zählen), was bedeutet es dann, das Jahr 2000 zu feiern? Es bedeutet den Triumph des Modells, das ich nicht das christliche nennen will (denn auch die Atheisten werden das Jahr 2000 feiern), aber jedenfalls das europäische, das bekanntlich, nachdem Christoph Columbus Amerika »entdeckt« hat – die Indianer sagen, daß *sie* damals *uns* entdeckt haben –, auch das amerikanische Modell geworden ist.

Wenn wir das Jahr 2000 feiern, welches Jahr wird dann für die Muslime, die australischen Aborigenes, die Chinesen sein? Gewiß braucht uns das nicht zu interessieren. Das Jahr 2000 ist unser Datum, es ist ein eurozentrisches Datum, es ist unsere Angelegenheit. Aber einmal abgesehen von der Tatsache, daß das eurozentrische Modell auch die amerikanische Kultur zu dominieren scheint – dabei gibt es auch amerikanische Bürger afrikanischer, orientalischer, indianischer Herkunft, die sich nicht mit diesem Modell identifizieren –, haben wir Europäer überhaupt noch das Recht, uns mit dem eurozentrischen Modell zu identifizieren?

Vor einigen Jahren, als in Paris die Académie Universelle des Cultures gegründet wurde, die Künstler und Wissenschaftler aus allen Ländern der Welt versammelt, ist für diese Akademie eine Charta aufgesetzt worden. Und eine der einleitenden Erklärungen dieser Charta, die auch die wissenschaftlichen und moralischen Aufgaben der neuen Akademie definieren sollte, sagt voraus, daß wir in Europa im nächsten Jahrtausend ein großes »Gemisch von Kulturen« haben werden.

Wenn sich die Entwicklung nicht plötzlich umkehrt (und alles ist möglich), müssen wir uns darauf gefaßt machen, daß es in Europa im nächsten Jahrtausend wie in New York oder in einigen lateinamerikanischen Ländern zugehen wird. In New York erleben wir die Negation des Konzepts vom *melting pot,* verschiedene Kulturen existieren nebeneinander, von den Puertoricanern bis zu den Chinesen, von den Koreanern bis zu den Pakistani; einige Gruppen haben sich miteinander vermischt (wie Italiener und Iren, Juden und Polen), andere bleiben getrennt (in verschiedenen Vierteln, wo sie verschiedene Sprachen sprechen und verschiedene Traditionen pflegen), und alle treffen sich auf der Basis einiger allgemeingültiger Gesetze und einer allgemeingültigen Verkehrssprache, des Englischen, das jeder leidlich genug spricht, um sich verständigen zu können. Ich gebe zu bedenken, daß in New York, wo die sogenannte »weiße« Bevölkerung im Begriff ist, eine Minderheit zu werden, 42 Prozent dieser Weißen Juden sind und die verbleibenden 58 Prozent höchst unterschiedlicher Herkunft (darunter irische, italienische, hispano-amerikanische, polnische Katholiken), so daß die WASPs, die weißen angelsächsischen Protestanten, inzwischen in der Minderheit sind.

In Lateinamerika ist die Entwicklung von Land zu Land unterschiedlich verlaufen: mal haben die spanischen Siedler sich mit den Indios vermischt, mal auch (wie in Brasilien) mit den Afrikanern, mal sind sogenannte »kreolische« Sprachen und

Bevölkerungen entstanden. Es ist oft schwer zu sagen, auch wenn man in rassischen Blutsbegriffen argumentieren will, ob ein Mexikaner oder ein Peruaner europäischer oder indianischer Herkunft ist, um nicht von einem Jamaikaner zu reden.

Nun, so ungefähr wird es auch in Europa kommen, und kein Rassist, kein reaktionärer Nostalgiker wird das verhindern können.

Ich denke, man sollte den Begriff »Immigration« von dem der »Migration« unterscheiden. Immigration liegt vor, wenn einige Individuen (es können auch viele sein, aber in statistisch unerheblicher Zahl verglichen mit dem ursprünglichen Stamm) sich aus einem Land in ein anderes begeben (wie die Italiener oder die Iren nach Amerika oder heute die Türken nach Deutschland). Immigrationsphänomene können politisch kontrolliert, begrenzt, gefördert, programmiert oder hingenommen werden.

Nicht so die Migrationen. Gleich ob sie gewaltsam oder friedlich daherkommen, sie sind wie Naturphänomene. Sie treten ein, und niemand kann sie kontrollieren. Migration liegt vor, wenn ein ganzes Volk aus einem Gebiet in ein anderes zieht (wobei es nicht relevant ist, wie viele von ihm im Ursprungsland bleiben, sondern wie radikal es die Kultur des Landes, in das es eingewandert ist, verändert). Es hat große Ost-West-Migrationen gegeben, in deren Verlauf die Völker des Kaukasus sowohl die Kultur wie das biologische Erbgut der Eingeborenen gründlich verändert haben. Es hat die Migrationen der sogenannten »barbarischen« Völker gegeben, die das Römische Reich überflutet und neue Reiche mit neuen Kulturen geschaffen haben, Mischkulturen, die dann eben »römisch-barbarisch« oder »römisch-germanisch« genannt worden sind. Es hat die europäische Durchdringung des amerikanischen Kontinents gegeben, einerseits von der Ostküste bis nach Kalifornien, andererseits von den karibischen Inseln und Mexiko bis nach Feuerland. Obwohl sie zum Teil politisch programmiert war, spreche ich auch hier von Migration, weil die aus Europa gekommenen Weißen nicht die Sitten und die Kultur der Eingeborenen übernahmen, sondern eine neue Zivilisation gründeten, der sich sogar die Eingeborenen (soweit sie überlebten) angepaßt haben.

Es hat abgebrochene Migrationen gegeben, wie die der Völker arabischer Herkunft bis zur Iberischen Halbinsel. Es hat Formen von programmierter und partieller, aber deshalb nicht minder einflußreicher Migration gegeben, wie die der Europäer nach Osten und Süden (aus der dann die sogenannten »postkolonialen« Nationen entstanden sind), bei denen die Einwanderer ebenfalls die Kultur der autochthonen Bevölkerung verändert haben. Soweit ich sehe, ist bisher noch keine Phänomenologie der verschiedenen Arten von Migration erstellt worden, aber sicher sind Migrationen etwas anderes als Immigrationen. Immigration haben wir nur, wenn die Immigranten (die aufgrund einer politischen Entscheidung aufgenommen worden sind) in großer Zahl die Lebensweise des Landes, in das sie einwandern, übernehmen, Migration dagegen haben wir, wenn die Hereinströmenden (die niemand an der Grenze aufhalten kann) die Kultur des Landes radikal verändern.

Heute, nach einem 19. Jahrhundert voller Immigrationen, stehen wir vor ungewissen Phänomenen. In einem Klima großer Mobilität ist es sehr schwer zu sagen, ob bestimmte Phänomene solche der Immigration oder der Migration sind. Zweifellos gibt es einen unaufhaltsamen Strom von Süden nach Norden (aus Afrika und Nahost nach Europa), die Inder haben sich in Afrika und auf den pazifischen Inseln festgesetzt, die Chinesen sind überall, und die Japaner sind mit ihren industriellen und ökonomischen Organismen präsent, auch wenn sie nicht physisch in großen Massen herbeiströmen.

Ist es noch möglich, Immigration von Migration zu unterscheiden, wenn der ganze Planet zum Schauplatz sich überkreuzender Wanderbewegungen wird? Ich denke, ja: Immigrationen sind, wie ich schon sagte, politisch kontrollierbar, Migrationen nicht, sie sind wie Naturgewalten. Solange man es mit Immigrationen zu tun hat, können die Völker hoffen, die Immigranten in einem Ghetto zu halten, damit sie sich nicht mit den Einheimischen vermischen. Ist es Migration, dann hilft kein Ghetto mehr, und die Vermischung wird unkontrollierbar.

Die Phänomene, die Europa heute noch als Fälle von Immigration zu behandeln versucht, sind indessen schon Fälle von Migration. Die Dritte Welt klopft an die Pforten Europas, und sie kommt herein, auch wenn Europa sie nicht hereinlassen will. Das Problem ist nicht mehr, zu entscheiden (wie die Politiker zu glauben vorgeben), ob in Paris Schülerinnen mit dem Tschador herumlaufen dürfen oder wie viele Moscheen man in Rom errichten soll. Das Problem ist, daß Europa im nächsten Jahrtausend – da ich kein Prophet bin, kann ich das Datum nicht präziser angeben – ein vielrassischer oder, wenn man lieber will, ein »farbiger« Kontinent sein wird. Ob uns das paßt oder nicht, spielt dabei keine Rolle: Wenn es uns gefällt, um so besser; wenn nicht, wird es trotzdem so kommen.

Dieses Aufeinandertreffen (oder Zusammenstoßen) verschiedener Kulturen kann blutige Ergebnisse haben, und ich bin überzeugt, daß es sie in gewissem Maße haben wird, sie werden unvermeidlich sein und lange anhalten. Doch die Rassisten müßten eigentlich (theoretisch) eine aussterbende Rasse sein. Hat es ein römisches Patriziertum gegeben, das nicht ertragen konnte, daß auch die Gallier und die Sarmaten und Juden wie Paulus *cives romani* werden durften und daß ein Afrikaner auf den Kaiserthron steigen konnte, wie es schließlich geschah? Nun, dieses Patriziertum haben wir vergessen, es ist von der Geschichte besiegt worden. Die römische Zivilisation war eine Mischzivilisation. Rassisten werden sagen, ebendeswegen sei sie zerfallen, aber das hat immerhin fünfhundert Jahre gedauert – ein Zeitraum, der, wie mir scheint, auch uns noch erlaubt, Projekte für die Zukunft zu machen.

2. Intoleranz

Gewöhnlich gelten Fundamentalismus und Integralismus als eng miteinander verbundene Begriffe und als die beiden evidentesten Formen von Intoleranz. Wenn ich zwei hervorragende Nachschlagewerke wie den *Petit Robert* und das *Dictionnaire Historique de la Langue Française* konsultiere, finde ich unter dem Stichwort »Fundamentalismus« sofort einen Verweis auf den Integralismus. Was zu der Annahme verleitet, daß alle Fundamentalismen integralistisch seien und umgekehrt.

Aber auch wenn das richtig wäre, würde sich daraus nicht ergeben, daß alle, die intolerant sind, Fundamentalisten und Integralisten seien. Zwar haben wir es derzeit mit vielerlei Formen von Fundamentalismus zu tun, und Beispiele für Integralismus finden sich überall, aber das Problem der Intoleranz liegt tiefer und ist gefährlicher.

Geschichtlich ist »Fundamentalismus« ein hermeneutisches Prinzip, das mit der Auslegung einer *heiligen Schrift* zu tun hat. Der moderne westliche Fundamentalismus entstand im 19. Jahrhundert in protestantischen Kreisen der USA und charakterisiert sich durch die Entscheidung, die Bibel wörtlich auszulegen, besonders im Hinblick auf ihre kosmologischen Vorstellungen, deren Wahrheitsgehalt die zeitgenössische Wissenschaft zu bezweifeln schien. Daher die oft intolerante Ablehnung jeder allegorischen Auslegung und vor allem jeder Form von Erziehung, die das Vertrauen in den biblischen Text zu untergraben versuchte, wie es beim triumphierenden Darwinismus der Fall war.

Diese Form der fundamentalistischen Buchstabengläubigkeit ist schon alt. Bereits unter den Kirchenvätern gab es Debatten zwischen den Anhängern des Buchstabens und den Verfechtern einer eher elastischen Hermeneutik, wie sie Augustinus vertrat. In der modernen Welt konnte der strikte Fundamentalismus jedoch nur protestantisch sein, da man, um Fundamentalist sein zu können, davon ausgehen muß, daß die Wahrheit durch die richtige Auslegung der Bibel zu finden ist. Im Katholizismus wird dagegen die richtige Bibelauslegung durch die Autorität der Kirche gewährleistet, und daher nimmt das Äquivalent des protestantischen Fundamentalismus dort allenfalls die Form des Traditionalismus an. Ich übergehe hier (und überlasse den Experten) die Untersuchung der Natur des muslimischen und des jüdischen Fundamentalismus.

Ist Fundamentalismus zwangsläufig intolerant? Gewiß auf der hermeneutischen Ebene, aber nicht unbedingt auf der politischen. Man kann sich durchaus eine fundamentalistische Sekte vorstellen, die überzeugt ist, daß ihre Mitglieder das Privileg der richtigen Bibelauslegung haben, und die trotzdem keinerlei Form von Proselytenmacherei betreibt, weder um die anderen zu zwingen, ihre Glaubensinhalte zu teilen, noch um für die Verwirklichung einer auf sie begründeten politischen Gesellschaft zu kämpfen.

Unter »Integralismus« versteht man dagegen eine religiöse und politische Position, für welche die religiösen Prinzipien gleichzeitig das Modell des politischen Lebens und die Quelle der Gesetze des Staates werden müssen. Während der Fundamentalismus und der Traditionalismus im Prinzip konservativ sind, gibt es Integralismen, die sich als progressiv und revolutionär verstehen. Es gibt katholisch-integralistische Bewegungen, die nicht fundamentalistisch sind, die sich für eine gänzlich an den religiösen Prinzipien inspirierte Gesellschaft einsetzen, ohne deswegen eine wörtliche Auslegung der Schrift zu verlangen, und die womöglich bereit sind, eine Theologie à la Teilhard de Chardin zu akzeptieren.

Die Nuancen können sogar noch feiner sein. Man denke nur an das Phänomen der *political correctness* in Amerika. Sie ist entstanden, um die Toleranz und die Anerkennung aller religiösen, rassischen und sexuellen Unterschiede zu fördern, aber sie entwickelt sich immer mehr zu einem neuen Fundamentalismus, der in fast ritueller Weise die Alltagssprache durchdringt und sich zum Schaden des Geistes an den Buchstaben klammert. Inzwischen darf man einen Blinden notfalls auch diskriminieren, solange man nur das Zartgefühl hat, ihn einen »Nichtsehenden« zu nennen, und vor allem darf man diejenigen diskriminieren, die sich nicht an die Regeln der *political correctness* halten.

Und der Rassismus? Der nazistische Rassismus war zweifellos totalitär, und er nannte sich »wissenschaftlich«, aber seine Rassenlehre enthielt nichts Fundamentalistisches. Ein nichtwissenschaftlicher Rassismus wie derjenige der Lega Nord hat nicht die gleichen kulturellen Wurzeln wie der pseudowissenschaftliche (er hat in Wirklichkeit überhaupt keine kulturellen Wurzeln), aber er ist gleichwohl ein Rassismus.

Und die Intoleranz? Reduziert sie sich auf die Unterschiede und Verwandtschaften zwischen Fundamentalismus, Integralismus und Rassismus? Es hat auch Formen von nichtrassistischer Intoleranz gegeben (wie die Ketzerverfolgung oder die Intoleranz der Diktaturen gegenüber ihren politischen Gegnern). Intoleranz ist etwas sehr viel Tieferliegendes, es steckt an der Wurzel aller hier angesprochenen Phänomene.

Fundamentalismus, Integralismus und pseudowissenschaftlicher Rassismus sind theoretische Positionen, die eine *Doktrin* voraussetzen. Intoleranz beginnt vor jeder Doktrin. In diesem Sinne hat sie biologische Wurzeln, sie äußert sich bei den Tieren als Kampf ums Territorium, sie gründet sich auf gefühlsmäßige, oft oberflächliche Reaktionen – wir ertragen die Andersartigen nicht, weil sie eine andere Hautfarbe haben, weil sie eine uns unverständliche Sprache sprechen, weil sie Frösche, Hunde, Affen, Schweinefleisch, Knoblauch essen, weil sie sich tätowieren lassen und so weiter.

Intoleranz gegenüber dem Andersartigen oder Unbekannten ist beim Kind so natürlich wie der Instinkt, sich alles, was es haben will, einfach zu nehmen. Das Kind wird nach und nach zur Toleranz erzogen, so wie es zur Achtung des Eigentums anderer erzogen wird und davor noch zur Kontrolle des eigenen Schließmuskels. Doch während die Kinder in der Regel zur Kontrolle ihres Körpers gelangen, bleibt Toleranz leider ein Problem der permanenten Erwachsenenbildung, denn im täglichen Leben ist man ständig dem Trauma der Verschiedenheit ausgesetzt. Die Forscher beschäftigen sich häufig mit den Doktrinen der Verschiedenheit, aber nicht häufig genug mit der vor jeder Doktrin angesiedelten wilden oder rohen Intoleranz, die sich jeder kritischen Definition und Wesensbestimmung entzieht.

Es ist jedoch nicht so, daß die Doktrinen der Verschiedenheit diese rohe Intoleranz hervorbrächten. Im Gegenteil, die Doktrinen machen sich einen bereits diffus vorhandenen Bodensatz von Intoleranz zunutze. Denken wir an die Hexenjagd. Sie ist kein Produkt der »dunklen Zeitalter«, sondern eines der Neuzeit. Der *Malleus Maleficarum* oder *Hexenhammer* wurde sechs Jahre vor der Entdeckung Amerikas geschrieben, er ist ein Zeitgenosse des florentinischen Humanismus; die *Démonomanie des sorciers* von Jean Bodin entstammt der Feder eines Renaissancemenschen, der nach Kopernikus schrieb. Ich will hier nicht erklären, warum die neuzeitliche Welt theoretische Rechtfertigungen für die Hexenjagd produziert. Ich möchte nur daran erinnern, daß die Hexenlehre sich deswegen durchsetzen konnte, weil es bereits einen im Volk verbreiteten Glauben an die Existenz von Hexen gab. Dieser Glaube findet sich in der Antike (Horaz), im langobardischen *Edictum Rothari*, in der *Summa Theologica* des Thomas von Aquin. Man rechnete mit den Hexen als einer alltäglichen Realität, so wie unser Strafgesetzbuch mit der Existenz von Handtaschenräubern rechnet. Ohne diesen Volksglauben hätte sich eine Doktrin des Hexenwesens und eine systematische Verfolgungspraxis nicht ausbreiten können.

Der »wissenschaftliche« Antisemitismus kam im Laufe des 19. Jahrhunderts auf und wurde in unserem Jahrhundert zu einer totalitären Anthropologie und zur industriellen Praxis des Völkermords. Aber er hätte nicht entstehen können, wenn es nicht bereits seit Jahrhunderten, seit den Zeiten der Kirchenväter, eine antijüdische Polemik gegeben hätte und im einfachen Volk einen praktischen Antisemitismus, der überall dort sein Unwesen trieb, wo es Ghettos gab. Die antijakobinischen Theorien über eine jüdische Weltverschwörung, die zu Beginn des 20. Jahrhunderts aufkamen, haben den volkstümlichen Antisemitismus nicht geschaffen, sondern nur einen bereits vorhandenen Haß auf die Andersartigen ausgebeutet.

Die gefährlichste Intoleranz ist genau diejenige, die ohne jede Doktrin oder Theorie allein aufgrund elementarer Triebe entsteht. Deswegen kann sie nicht mit Vernunftargumenten kritisiert und aufgehalten werden. Die theoretischen Grundlagen von Hitlers *Mein Kampf* lassen sich mit einer Reihe von ziemlich elementaren Argumentationen widerlegen, aber wenn die Ideen, die das Buch propagierte, überlebt haben und jeden Einwand überleben werden, dann deshalb, weil sie sich auf eine rohe Intoleranz stützen, die gegen jede Kritik immun ist. Ich finde die Intoleranz von Bossis Lega Nord gefährlicher als die des Front National von Le Pen. Le Pen hat hinter sich immer noch Intellektuelle, die Verrat begangen haben, während Bossi nichts anderes hat als rohe Triebe.

Man sehe nur, was dieser Tage in Italien geschieht, nachdem in kaum mehr als einer Woche zwölftausend Albaner ins Land gekommen sind. Offiziell und öffentlich ist nur von Aufnahme aus humanitären Gründen die Rede, und der größte Teil derer, die diesen Exodus stoppen wollen, weil er unerträglich werden könnte, führt ökonomische und demographische Argumente an, nicht etwa rassistische. Aber alle Theorie wird zunichte vor der schleichenden Intoleranz, die jeden Tag mehr um sich greift. Die rohe Intoleranz gründet sich auf einen kategorialen Kurzschluß, den sie jedem zukünftigen Rassismus als Leihgabe anbieten kann: Wenn einige der in den letzten Jahren nach Italien gekommenen Albaner Diebe und Prostituierte geworden sind (was stimmt), dann sind alle Albaner potentielle Diebe und Prostituierte.

Dieser Kurzschluß ist um so schrecklicher, weil er für jeden von uns eine ständige Versuchung darstellt – es genügt, daß uns auf dem Flughafen eines beliebigen Landes der Koffer gestohlen worden ist, und schon behaupten wir, daß man den Bewohnern jenes Landes nicht trauen dürfe.

Noch einmal, die schlimmste Intoleranz ist die der Armen, die immer die ersten Opfer der Verschiedenheit sind. Unter den Reichen gibt es keinen Rassismus. Die Reichen haben höchstens die Doktrinen des Rassismus produziert, die Armen produzieren seine Praxis, die viel gefährlicher ist.

Die Intellektuellen können gegen die rohe Intoleranz nichts ausrichten, denn vor dem rein Animalischen, das kein Denken kennt, ist das Denken wehrlos. Und wenn sie gegen die doktrinale Intoleranz kämpfen, ist es zu spät, denn sobald die Intoleranz zur Doktrin gerinnt, ist sie nicht mehr zu besiegen, und die es tun müßten, werden zu ihren ersten Opfern.

Und doch liegt hier die Herausforderung. Erwachsene Menschen, die aus ethnischen und/oder religiösen Gründen aufeinander schießen, zur Toleranz erziehen zu wollen, ist Zeitvergeudung. Zu spät. Die rohe Intoleranz muß an der Wurzel bekämpft werden, durch eine permanente Erziehung, die im zartesten Alter beginnt, bevor sie zu einer Doktrin gerinnt und bevor sie eine zu dicke und harte Verhaltenskruste wird.

3. Das Untolerierbare

Es gibt Fragen, die einen ärgerlich machen können, wie wenn man gefragt wird, was passiert sei, kaum daß man sich auf die Zunge gebissen hat. »Was denkst du darüber?« wird man in diesen Tagen ständig gefragt, in denen alle (außer ganz wenigen) über das Urteil gegen Priebke dasselbe denken. Und die so fragen, sind beinahe enttäuscht, wenn man dann antwortet, daß man selbstverständlich empört und bestürzt ist, denn im Grunde stellt jeder dem anderen die Frage in der Hoffnung, eine Antwort zu hören, die seine Empörung und Bestürzung ein wenig verringert.

Man schämt sich fast, darüber zu reden, sich auf so billige Weise allgemeine Zustimmung zu erwerben, als Virtuose unter Virtuosen in einem Parteienspektrum, das von der Rifondazione Comunista bis zur Alleanza Nazionale reicht. Als hätte das römische Militärgericht fast alle Italiener endlich dazu gebracht, einer Meinung zu sein. Wir stehen alle auf der richtigen Seite.

Und wenn die Affäre Priebke nun über den alles in allem doch ziemlich öden Einzelfall (ein straflos gebliebener Verbrecher, ein feiges Gericht) hinausginge und uns tiefer beträfe, indem sie uns suggerierte, daß auch wir nicht unschuldig sind?

Betrachten wir das Geschehene noch einmal aus der Perspektive des geltenden Rechts. Nach geltendem Recht hätte Priebke vielleicht zu lebenslänglicher Haft verurteilt werden können, aber juristisch gesprochen kann man nicht sagen, daß sich das römische Militärgericht unbegreiflich verhalten hätte. Es ging um einen geständigen Verbrecher, der ein grauenhaftes Verbrechen begangen hatte, also mußte man prüfen, ob es mildernde Umstände gab, wie es jedes Gericht tun muß. Nun, es waren finstere Zeiten, Priebke war kein Held, sondern ein armseliger Feigling, und selbst wenn ihm die Außerordentlichkeit des Verbrechens bewußt geworden wäre, hätte er Angst vor den Folgen einer Weigerung gehabt; er hat fünf Menschen zusätzlich getötet, aber wenn man im Blutrausch ist, wird man bekanntlich zur Bestie; er ist zweifellos schuldig, aber statt lebenslänglich geben wir ihm eine langjährige Gefängnisstrafe; dem Recht ist Genüge getan, die Verjährung tritt ein, beenden wir ein leidvolles Kapitel. Hätten wir nicht auch über Raskolnikow so geurteilt, der eine alte Frau erschlagen hatte, und das ohne militärische Rechtfertigungen?

Wir sind es, die den Richtern das Mandat erteilt haben, nach geltendem Recht zu verfahren, und jetzt setzen wir ihnen einen moralischen Anspruch entgegen, eine Leidenschaft. Worauf sie erwidern, daß sie Männer des Rechts sind und keine Killer.

Auch viele der Einsprüche drehten sich um die Auslegung des geschriebenen Rechts. Priebke mußte den Befehlen gehorchen, so will es das Militärrecht eines im Krieg befindlichen Landes. Nein, es gab auch in Nazi-Deutschland Gesetze, die ihm erlaubten, sich einem unrechten Befehl zu entziehen, und außerdem mußte er nicht nach dem Militärrecht verurteilt werden, denn die SS war ein freiwilliges Polizeikorps. Aber die internationalen Konventionen gestatten die Durchführung von Repressalien. Ja, kann man antworten, aber nur im Falle eines erklärten Krieges, und soweit bekannt hatte das Deutsche Reich dem Königreich Italien niemals den Krieg erklärt; infolgedessen konnten die Deutschen als illegale Besatzer eines Landes, mit dem sie nicht offiziell im Krieg lagen, sich nicht beschweren, wenn jemand als Straßenkehrer verkleidet ihnen einen Konvoi in die Luft sprengte.

Man wird immer in diesem Zirkel bleiben, solange nicht der Beschluß gefaßt wird, daß die Menschheit sich angesichts außerordentlicher Ereignisse nicht erlauben kann, einfach geltendes Recht anzuwenden, sondern die Verantwortung auf sich nehmen muß, neue Gesetze zu schaffen.

Wir haben noch nicht alle Konsequenzen aus jenem epochalen Ereignis gezogen, das der Nürnberger Prozeß gewesen war. Unter dem Gesichtspunkt der strikten Legalität oder der internationalen Gebräuche war er ein Akt der Willkür. Jahrhundertelang hatte man uns daran gewöhnt, daß Krieg ein geregeltes Spiel war, in dem der besiegte König am Ende seinen siegreichen Vetter umarmt, und was macht ihr da? Ihr nehmt die Besiegten und knüpft sie auf? *Yes sir*, antworten diejenigen, die den Nürnberger Prozeß beschlossen haben: Wir sind der Meinung, daß in diesem Krieg Dinge geschehen sind, die jenseits des Tolerierbaren liegen, und deshalb ändern wir die Regeln. Aber untolerierbar sind diese Dinge nur gemessen an euren Siegerwerten, wir hatten andere Werte, wollt ihr die nicht respektieren? Nein, denn wir haben gesiegt, und da zu euren Werten die Verherrlichung der Stärke gehörte, wenden wir unsere Stärke an und hängen euch auf. Aber was wird dann mit den künftigen Kriegen? Wer sie entfesselt, muß wissen, daß er, wenn er verliert, aufgehängt wird; überlege er sich's vorher. Aber auch ihr habt gräßliche Dinge getan! Ja, aber das sagt ihr, die Verlierer; wir haben gewonnen, und darum sind wir es, die euch aufhängen. Dann nehmt die Verantwortung auf euch! Wir nehmen die Verantwortung auf uns.

Ich bin gegen die Todesstrafe, und selbst einen Hitler hätte ich nur nach Alcatraz geschickt; deshalb werde ich »Aufhängen« von jetzt an nur noch symbolisch gebrauchen, im Sinne einer harten und demonstrativen Bestrafung. Aber abgesehen vom Aufhängen ist die Nürnberger Argumentation ohne Tadel. Angesichts untolerierbarer Verhaltensweisen muß man den Mut haben, die Regeln zu ändern, einschließlich der Gesetze. Darf ein Gericht in Holland über das Verhalten von jemand in Serbien oder in Bosnien richten? Nach den alten Regeln nicht, nach den neuen schon.

Ende 1992 gab es in Paris einen Kongreß über das Thema der Intervention, an dem Juristen, Militärs, überzeugte Pazifisten, Philosophen und Politiker teilnahmen. Die Frage war, mit welchem Recht und nach welchen Kriterien der Besonnenheit man in die Angelegenheiten eines anderen Landes eingreifen darf, wenn man der Meinung ist, daß dort etwas für die internationale Gemeinschaft Untolerierbares geschieht. Außer dem klaren Fall, in dem eine noch herrschende legitime Regierung um Hilfe gegen eine Invasion bittet, boten sich alle anderen Fälle zu subtilen Differenzierungen an. Wer bittet uns zu intervenieren? Ein Teil der Bürger? Wie repräsentativ ist dieser Teil für das Land, verbirgt sich hinter einer Intervention mit edelsten

Absichten nicht eine unzulässige Einmischung, ein imperialistischer Wille? Intervenieren wir, wenn das, was in dem betreffenden Land passiert, gegen unsere ethischen Grundsätze verstößt? Sind unsere Grundsätze auch die ihren? Intervenieren wir, weil in einem Land seit Jahrtausenden ein ritueller Kannibalismus praktiziert wird, der für uns ein Greuel, für sie aber eine religiöse Übung ist? War das nicht die Art, wie der weiße Mann seine tugendhafte Bürde auf sich nahm, um uralte Kulturvölker zu unterwerfen?

Die einzige Antwort, die mir akzeptabel erschien, war: Mit Interventionen verhält es sich wie mit Revolutionen, es gibt kein vorgängiges Gesetz, dem wir entnehmen könnten, daß es gut sei, sie zu machen, im Gegenteil, man macht sie gegen die Gesetze und die Gewohnheiten. Der Unterschied liegt darin, daß die Entscheidung für eine internationale Intervention nicht von einer diamantharten »Speerspitze« oder einem unkontrollierbaren Volksaufstand getroffen wird, sondern durch eine Diskussion zwischen verschiedenen Regierungen und Völkern zustande kommt. Man kommt zu dem Schluß, daß etwas, sosehr man die Ansichten, Gebräuche, religiösen Praktiken und Glaubensvorstellungen anderer respektieren muß, untolerierbar ist. Hinnahme des Untolerierbaren stellt die eigene Identität in Frage. Man muß die Verantwortung auf sich nehmen, zu entscheiden, was untolerierbar ist, und dann handeln in der Bereitschaft, den Preis für einen Irrtum zu zahlen.

Wenn etwas Untolerierbares auftritt, das es noch nie gegeben hat, ist die Grenze des Tolerierbaren, also die Schwelle des Untolerierbaren, nicht mehr die, die von den alten Gesetzen festgelegt wurde. Man muß neue Gesetze machen. Gewiß muß man dabei sicher sein, daß der Konsens über die neue Schwelle des Untolerierbaren so breit wie möglich ist, daß er die nationalen Grenzen überschreitet und in gewissem Maße von der »Weltgemeinschaft« getragen wird (ein schwer zu fassender Begriff, der jedoch sogar unserem Glauben an die Drehung der Erde zugrundeliegt). Aber dann muß man sich entscheiden.

Was durch den Nazismus und den Holocaust geschehen ist, hat eine neue Schwelle des Untolerierbaren gesetzt. Völkermorde hat es in der Geschichte schon viele gegeben, und in gewisser Weise haben wir sie alle toleriert. Wir waren schwach, wir waren Barbaren, wir wußten nicht, was zehn Meilen außerhalb unseres Dorfes geschah. Aber dieser ist in »wissenschaftlichen« Termini untermauert (und verwirklicht) worden, mit ausdrücklicher Forderung nach Konsens, auch philosophischem, und er ist als weltweites Vorbild propagiert worden. Er hat nicht nur unser moralisches Gewissen getroffen, er hat auch unsere Philosophie und unsere Wissenschaft, unsere Kultur, unsere Vorstellungen von Gut und Böse aufs Spiel gesetzt. Er hat versucht, sie zunichte zu machen. Ein solcher Versuch konnte nicht unbeantwortet bleiben. Und die einzige Antwort konnte nur sein, daß er nicht nur damals, sondern auch fünfzig Jahre danach und in allen nachkommenden Jahrhunderten nicht tolerierbar sein wird.

Es ist dieses Untolerierbare, vor dessen Hintergrund es wie eine Eiterbeule erscheint, wenn die Holocaust-Leugner ihre schändliche Buchführung aufmachen und berechnen, ob die Toten wirklich sechs Millionen waren – als ob man bei fünf, vier, drei, zwei, einer Million zu einer Verständigung gelangen könnte. Und wenn sie nicht vergast worden, sondern »nur« an zu geringer Versorgung gestorben wären? Wenn sie an Allergie gegen Tätowierung gestorben wären?

Das Untolerierbare als untolerierbar anzuerkennen heißt jedoch, daß in Nürnberg alle zum Galgen verurteilt werden mußten, auch wenn es nur einen Toten gegeben hätte, und das durch unterlassene Hilfeleistung. Das neue Untolerierbare ist nicht nur der Völkermord, sondern auch seine theoretische Rechtfertigung. Und diese betrifft auch die Handlanger des Massakers und macht sie mitverantwortlich. Angesichts des Untolerierbaren werden die differenzierten Diskurse über die Intentionen, den guten Glauben und den Irrtum hinfällig: da gibt es nur noch die objektive Verantwortung. Aber – sagt der Handlanger – ich habe die Leute doch nur in die Gaskammer getrieben, weil man es mir befohlen hatte, in Wirklichkeit habe ich geglaubt, sie würden zur Desinfektion geschickt. Spielt keine Rolle, tut uns leid, wir stehen hier vor der Epiphanie des Untolerierbaren, da gelten die alten Gesetze mit ihren mildernden Umständen nicht mehr; wir werden auch dich zum Strang verurteilen.

Um diese Verhaltensregel anzunehmen (die auch für das in Zukunft Untolerierbare gilt, das uns zwingt, Tag für Tag neu über die Grenze des Tolerierbaren zu entscheiden), muß eine Gesellschaft bereit sein, viele Entscheidungen zu treffen, auch harte, und jedesmal solidarisch die Verantwortung auf sich nehmen. Was uns im Fall Priebke als dunkle Ahnung beunruhigt, ist die Erkenntnis, daß wir von dieser Entschiedenheit noch weit entfernt sind. Die Jungen ebenso wie die Alten, und nicht nur wir Italiener. Alle haben sich die Hände in Unschuld gewaschen – schließlich gibt es Gesetze, überlassen wir diesen Unseligen den Gerichten.

Natürlich könnten wir heute sagen, nach dem jetzt in Rom ergangenen Urteil sei diese Fähigkeit zur solidarischen Definition des Untolerierbaren in noch weitere Ferne gerückt. Aber sie war auch vorher schon zu fern. Und das ist es, was an uns nagt. Zu entdecken (aber ohne es uns einzugestehen), daß wir mitverantwortlich sind.

Und so fragen wir uns nicht, wem die Stunde schlägt.